お日さまも笑ってる今日もいい天気

ドラ猫女房が語る昭和家族の物語

Hinako Hayashi
林 日南子

文芸社

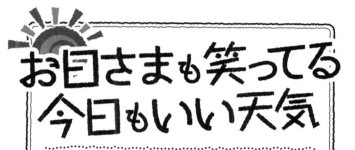

ある日、カメラ好きの浩一兄が……

「ハーイ、笑って」

自動シャッター待ち
「あれっ？　おかしいな〜」
「もう一度、いくよ！」
「あれっ？　またダメ〜」

みんなで大笑い
カシャ！
「え！　今、写った？」

まえがき

「私、ピアノ弾けるのよ」と蔦子《つたこ》。
「えッ、本当ですか?」と庸吉《ようきち》。
昭和四年、雀荘での会話だ。

この頃、東京帝国大学薬学部(現在の東大)に通う庸吉は、根っからのゲーム好きが嵩じて、すでに麻雀の有段者。暇をつくっては学友を誘い、雀荘通いをする中、蔦子の勤める雀荘を訪れた。一緒にゲームを楽しむうちに、蔦子の「男前の打ち方」と「気っ風の良さ」に思わず眼をむく庸吉。
さらに、ピアノも嗜《たしな》むという蔦子の言葉に、半信半疑ながら庸吉は貸しピアノ屋へ蔦子を連れて行った。ピアノの前に座ると同時に、ショパンの曲を軽やかに奏でる蔦子の姿に、庸吉はゾッコン惚れ込んでしまったらしい。

父、庸吉は明治四十年、奈良藩士の末裔である椙山《すぎやま》家の一人息子として神戸市内で生まれた。共に教諭職に就く両親は、クリスチャンであり、教会で出会ったそうだ。職業婦人の走りであった庸吉の母は、小学校の教頭を務め、バイオリンを弾き、英語の賛美歌を歌う快活な女性だったという。その母親の影響を受けてか、庸吉も音楽に親しみ、語学も得意であった。

母、蔦子は、明治四十二年、大分県竹田市浄土真宗のお寺の七番目の子として生まれたが、六歳の時に養子に出された。蔦子を溺愛した養父は、金を惜しまず英才教育を施し、「これからの日本は女性の医者も必要だ」と、東京女子医専への入学を促す。養父の薦め通り、入学したものの、解剖学の授業だけは耐えられず、ある日、両親に内緒で大学の寮から逃げ出した。

さて、どうやって活路を開いたら良いものか。蔦子の出した回答は、「雀荘ガール」である。

大正中期に支那カルタとして日本に紹介された麻雀は、文人を中心として広がりをみせ、昭和四年には、全国に千五百軒を超える雀荘が営業していた。まさに麻雀第一次ブーム。菊池寛を総裁とする日本麻雀連盟が設立され、各会派で異なるルールを統一しようと会議が開かれたのも、この頃である。

雀荘と言っても、まだ教習所的要素が残っており、賭博制ではなく、高級サロン的な場所であった。「雀荘ガール」は、雀荘内の雑務や、メンバーが足りない時の代打を受け持ったりしていた。

音楽とゲームで意気投合した二人は、昭和五年、庸吉の両親の反対を押し切って、賑やかで楽しくユニークな家庭を求め、東京の下町で結婚生活を始めた。ここから、この昭和家族の物語がはじまった。

椙山庸吉と蔦子

登場人物

（父）　椙山庸吉「ハンプティー・ダンプティー」
（母）　蔦子「馬頭観音」
（長兄）　浩一「カンタチポッポ」（すぎやまこういち）
（長姉）　瑛子「チャカぼれ」
（次男）　三太「ダッチョタヌキ」
（次女）　由美「卑弥呼」
（三女）　日南子「糸目ちゃん」主人公
（日南子夫）林　良三（林　春生）

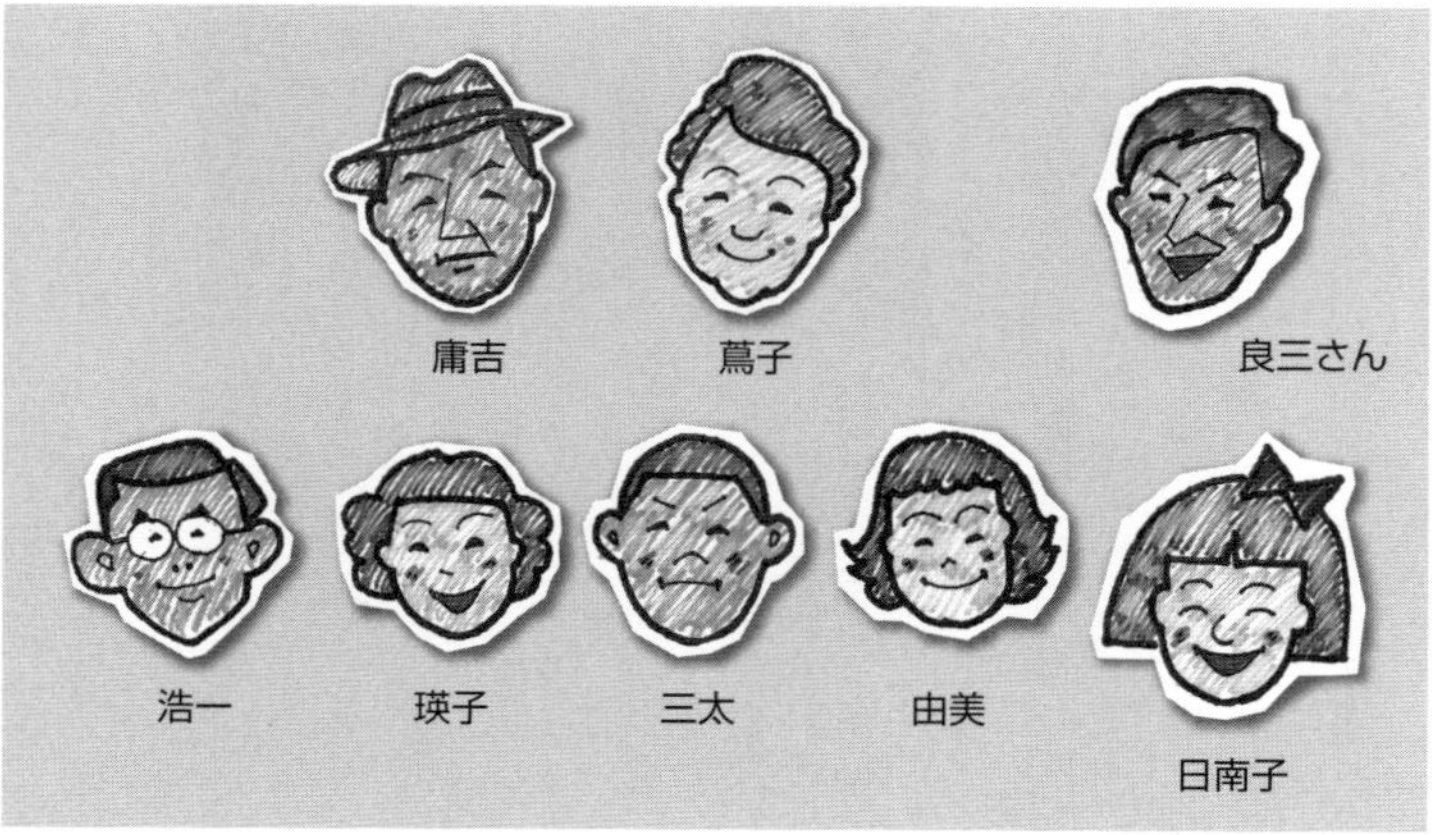

もくじ

第二部

第三部

第一部

それは母の「大丈夫！」から

「何とかお願いします」と必死の形相の母。

「駄目です。無理です」と、憮然として取り合わない医者。

昭和十七年、第二次世界大戦はますます激化し、日本軍は南方に戦地を広げていった。街中のラジオからは戦歌ばかりが聴こえてきて、映画は帝国陸軍の落下傘部隊のドキュメンタリー映画「空の神兵」が上映され、その勇猛さと素晴らしさを喧伝していた。

秋も深まった十月、母は気分の優れない日が続いていた。医者に行くのは面倒だ、大丈夫、と放っておいた母はある時ハッと気付いたのだった。来るべきものが来ていないことを。

もしかしたら……と思った母は慌てて医者に駆け込んだが、医者はにっこり。

「おめでとうございます、妊娠五ヶ月半です。予定日は来春三月ですね」

青ざめる母。

「家には既に子供は四人、一番下は乳飲み子です」

「食料配給もどんどん厳しくなりますよね。何を食べさせれば良いのですか？」と母は切れてしまう。

精神的、肉体的にもこれ以上、絶対、無理だった。

再度、「堕ろして下さい」と深々と頭を下げる。

「このご時世、何を言うのですか。お国のためです。厚生省のスローガン、『産めよ、殖《ふ》やせよ』、ご存じですよね」と一蹴され、「時期的にも堕胎は限界を超えています」。

医者に諭され母は「仕方なく産んだ」と、私に告げた。

「産めよ、殖やせよ」のスローガンは昭和十四年に厚生省が掲げた「結婚十訓」の中の一つ、出産率が下がったためのものだった。

でも、母にとって最重要事項は戦況よりも家のこと。不謹慎だが、スローガンはどうでも良いし、ただ、今を生きていくことで頭が一杯だったのだ。今では想像を絶する大変さだったと思う。

しかし、おっちょこちょいというか、大らかというか、大丈夫にも程がある。結果、相山家の子供は、男、女、男、女、最後に女（私）の五人兄弟となった。

Peaceの煙り

父を表す単語群。

「背丈百七十センチ弱・体重八十キログラム強」

「大食漢・下戸」

「色黒・天然パーマ」

「ハンプティー・ダンプティー」

「マンドリン」

「ＳＦ小説好き」

「熱い緑茶」

「家族人間・愛妻家」

「Peace の煙草」

「一度に茹で卵を十三個も食べたことがあるぞ」が、自慢の父。ウエストは一メートルを超えている。ただ、手首や足首はとても細く、体型は完全にイギリスの童謡のキャラクター「ハンプティー・ダンプティー」の糸巻き型。アメリカに行った時は、ダブルの背広を着て、長いコートを羽織り、ソフト帽を被って歩いていると、全く日本人には見られなかったらしい。

煙草はいつも、昭和二十一年に発売され、二十七年にデザイン変更された缶入りの「Peace」。

あの独特な紺色にオリーブの葉をくわえた鳩のデザインの缶入り煙草。缶自体は渋い紺色で、そこに白い字で「Peace」と書かれている。蓋はシルバーで鳩の模様が浮き出ている金属製。開封には上蓋に付いた金属の三角の爪を突き立てて回し、缶切りのような感じで開けていた。中の煙草は所謂《いわゆる》、「両切り」と言われるもので、フィルターは付いていない。味はアメリカ産と国産の葉をブレンドしていて、ほのかな甘い香りもあったという。

値段は当時、十本入り七円で、他の煙草の十倍近い値段だった。

このデザインはアメリカで活躍していたレイモンド・ローウィによる傑作。アメリカの煙草「ラッキーストライク」も彼がデザイン。彼は著名な工業デザイナーで昭和二十七年に、専売公社が破格なデザイン料を払って依頼したものだった。このデザイン変更で「Peace」は爆発的に売り上げが伸びたという。

この現象は「デザインが嗜好を変えた」と絶賛され、日本における商品デザインの常識を大変化させた。「日本のデザインにおける新しい時代の始まり」とも言われたようだ。無駄のないこの素晴らしい昭和のデザインは、現代のデザインと比較しても遜色がないと思う。

父が居間でこの煙草を吸う時、私は横に座って生意気にも〝煙りと香り〟を楽しんでいた。煙りの色はグレーブルー、確かに香りは甘かった。父の口から出たグレーブルーの煙がよじれて上に上がっていく様《さま》は、妖しく、そして美しかった。

今は正直、煙草の匂いも煙りもなるべく避けたい。実際、生まれてこの方、煙草を吸った経験は一度もないし、電車で隣に煙草臭い人が座ると席を変えたくなる。

記憶の中の〝煙りと香り〟と現在の〝煙りと香り〟の差は何だろう？と考える。

記憶とは、「良いものだけを残す」機能が備わっているらしい。

Peace

場所によって痛さが違う？

電球が消された暗い奥の部屋の片隅で、ヒヤーッと冷たい薄い布団の上で静かに横たわっている。高熱のため吊り下げられた氷嚢《ひょうのう》を頭に乗せ、天井の染みを眺めながらただただ寝ている。

「自分はなんで寝ているのだろう？」

不思議だ。

襖の向こうの明るい部屋からは、父母、兄二人、姉二人の楽しそうな笑い声がもれてきていた。そんなことが何回もあると私は「除け者にされているのかな？」と疑問が起こる。事実は決してそうではなく、虚弱体質ですぐに高熱を出して頻繁に寝込んでいたらしい。

ある日、白衣の医者ではなく普通のスーツを着た威厳のある男の人が来て、私の寝巻をパッとめくってお尻を丸出しにし、本当に「ブスッ！」という感じで太い注射針をお尻に文字通り突き立てた。痛がる私を無視するように一言、「お大事に」と言って帰って行った。

「痛い！」と涙ながらに訴える私に母から、「貴重な良い薬なんだから我慢しなさい！」と鋭い叱責が飛ぶ。

それは中央線の高円寺に住んでいた時のことだった。厚生省に勤めていた父が必死で試供品を手に入れてくれた画期的な抗生物質だったと聞く。ずいぶん後になって母が話してくれたのだが、その注射は「ストレプトマイシン」という抗生物質だったようだ。「あれがなかったら貴女はとっくの昔に死んでいた」と母からはしつこく何度も言われた。

抗生物質はアレクサンダー・フレミングが一九二八年にアオカビから見付けたペニシリンが世界初の発見である。ペニシリンの発見から実用化までの間には十年もの歳月を要したものの、いったん実用化された後はストレプトマイシンなどの抗生物質を用いた抗菌薬が次々と開発され、人類の医療に革命をもたらした。ペニシリンの開発は二十世紀でもっとも偉大な発見のひとつで「奇跡の薬」と呼ばれることもある。

抗生物質の発見で世界中でどれだけの人命が救われたことか！

副作用についての議論はあったが、それを加味しても人類だけでなくあらゆる生物への言葉では表せないほどの貢献だと信じている。
それにしても、昔の親は随分とはっきりした物言いをするのだ。
しかし、ストレプトマイシンの効果は絶大で、それ以来、ほとんど熱を出さなくなった
私は元気に外で遊ぶようになった。よく世間でいう「拾った命」の部類に入るようだ。
ただ、この時代の多くの子供が「お尻にブスッ！」を経験していると思う。
現在でも治療の仕方でお尻への注射はあるし、お尻の方が痛くない場合もあるらしい。

氷を入れた氷嚢

七十年も前のことだから、注射針の太さや性能にも関係しているのかもしれない。
理由はともかく、あのお尻の注射の痛さは強烈だった！
三歳くらいの記憶の一部。
感覚的には七十年以上経った今でも、その痛さがお尻に残っているような気がする。
でも、父よ、母よ。私の命を拾ってくれて本当にありがとう！

第一陣、第二陣

母のあだ名は「馬頭《ばとう》観音」。

誰が言い出したのか分からないけれど、ぴったりくる。母は背丈は百五十五センチほど。昔の女性としては決して小さい方ではない。でも、背丈の割には顔が大きかった。おまけに縦に長い。「馬のように縦長の顔」だけでは申し訳ないと思ったのか、「観音」が付いた。誰彼となく美味しい食事をふるまっていたから、「観音様」なのかもしれなかった。

私はその縦に長い顔を受け継いでいる。ただ、「糸目《いとめ》ちゃん」と呼ばれたその細い目の出所は不明だ。親戚を探してもここまで細いのはいない。

「生まれた時、目はどこか？　探しちゃった」と口の悪い母は言っていた。

兄や姉の友達が集まった夕食時には、その「馬頭観音」の号令がかかる。

「第一陣座って！」で、まず、八人が座り食事をする。第一陣が終わると続いて、「第二陣！」と号令がかかる。満腹そうな第一陣は速やかに隣の部屋へ移動し、第二陣が食べ始める。椙山家の珍しくない夕食の風景だ。

我が家の居間には真ん中に大きな掘り炬燵があった。四角のテーブルには横一面二人ずつ。一度に食べられるのは最高で八人。大抵、家族以外が二～六人は集まっているから、そうすると夕食は九～十三人。だから、一度では終わらない。

終わった人からゲームをしたり、討論したり、楽器の演奏をしたり。料理は大皿に盛った栄養満点な筑前煮や寸胴《ずんどう》鍋一杯に作ったカレーやシチュウを順番に騒がしく食べる。もう、まるで合宿状態だ。

でも、たまに見たこともない人も座ってガンガン食べていたりする。

母が「あんた名前何だっけ?」と聞く。

一瞬、間があって、「僕はここの三太くんの友達の友達の田辺です」みたいなことも珍しくなかった。でも、母はそれ以上は聞かず、「あ、そう。ゆっくり食べなさい。おかわりもあるわよ」で終わる。

「馬頭観音」らしい大らかさだった!

父、爆笑！

「瑛子、映画を見に行こうか？」と、母が言う。

母は映画が好きだった。

ある日、母は中学生になったセーラー服の長女を連れて、新宿の映画館に向かった。ショパンの映画「別れの曲」の再演を見るためだ。映画館が近くになると長蛇の列。

「さすが〜、人気の映画」と母は感心する。最後尾に並ぶと、どんどんと後ろの列が長くなる。やっと、切符売り場に着き、二枚買って館内に入り、中央の席に並んで座る。舞台には豪華な緞帳《どんちょう》が掛けられていて、観客は静かに開演を待っている。クラシックに詳しく、以前からこのショパンの人気映画を見たかった母は、胸が高鳴っている。

「ビ〜〜！」と開演のブザーが鳴って、異様な熱気の中でスルスルと緞帳が上がる。

大拍手が湧き起こる。が、スクリーンが見えてこない。

すると、緞帳の下から何本もの素足が見えてきた。

「？・？・？・」

見えたのは、なんと、ポーズを付けた全裸の女性数人。舞台の上に何も纏わず、静かに立っている。母は何が何だか分からない。

「これがショパン？」

周りを見回すと、実際、観客は男性ばかり。皆、舞台を食い入るように見入っている。女性は母とセーラー服姿の姉と二人だけ。そこで、母は気が付いた。隣の上映館に入ってしまったことを。

姉は状況も分からず、黙って舞台を眺めている。舞台は絵画のように額があって、その中に全裸の女性が動かず、じーっと立っている。次々と額と女性が変わっていく。

突然、母は「瑛子、ここで待っていてね」と言い置いて席を立ち、後ろに歩いて行ってしまった。

姉は戸惑ったが、どうすることもできず、裸の女の人を眺めている。

母が戻って来た。

「ごめんね、瑛子。切符を取り替えてもらえなかったから、これを最後まで見て帰ろうね」と言う。

このような舞台は、戦後間もない昭和二十二年の初頭、新宿にあった帝都座において開演された「ストリップ」で、法の盲点をついた演《だ》し物だった。「ストリップ」などとはもってのほかの時代。そのため、藝術として裸婦の絵画を鑑賞するという名目で開演されたようだ。従って、女性は絶対、動いてはいけない。

だから、「額縁ショー」、または「名画ショー」。演し物は有名絵画に模して作られていた。例えば「ヴィーナスの誕生」など。

でも、当時、こんな藝術（？）にも多くの男性が殺到したとの記述がある。

見終わって母と姉は帰途に着き、早速、姉は父親に報告する。

「今日ね、お母さんと裸の女の人を見てきたの。とっても面白かったよ」と。

父は夕食の箸を止め、妻の顔を見る。

母が説明すると、父、爆笑！

夕食後、父は姉に、「女の人の舞台、どうだった？」と優しく聞く。

「すごく、綺麗だったよ」と、姉。

「良かったね」と父。続けて「女の人の体は綺麗なんだよ」。

「だから瑛子も大きくなったら自分の身体を大切にするんだよ」と言い聞かせる。
「はーい」と姉は分かったような、分からなかったような。

戦後の名画ショー

音楽に溢れた家だった

賛美歌４９６番
「♪うるわしの白百合
ささやきぬ昔を～
イエス君の墓より
出《いで》ましし昔を～♪」
今でも自然に歌えてしまう。ハーモニーが美しかった！

父方の祖父・祖母は敬虔なクリスチャン。父の母は賛美歌が上手かったそうだ。
大学時代マンドリンクラブで活躍した庸吉と、ギターを奏でる蔦子に合わせ、国民歌謡も子供達は元気よく歌っていた。兄弟が増える毎にコーラスが豊かになり、空襲警報下でも疎開列車の中でも合唱を楽しんだ。

さらに、終戦後はアメリカン・ポップスも混声四部で歌った。
「瑛子、そこの音が少し低い」
「由美、そこをもう少し抑えて」
など、浩一兄が全てのパートをチェック、指揮をしながら厳しく指導する。
兄の面白い編曲があった。
「Seventeen」という曲。それぞれのパートは、
ソプラノ：私と瑛子姉
アルト：由美姉
テノール：蔦子
バス：三太兄
その他：浩一兄友二人で歌う。
まず、末っ子の私が「I'm fifteen!!」と歌う。
すると、残りの全員が「No～!」と叫ぶ。
次に由美姉が「I'm sixteen!」と歌う。
と、残りの全員が「No!～」と叫ぶ。

三番目に瑛子姉が「I'm seventeen!!」と歌う。

全員が「Yes～!」と叫ぶ。

そして、「Seventeen. Seventeen.♪」と始まる。

みな、楽しそうに歌っている。


そのうち、浩一兄がラジオで「家族コーラスコンテスト」という番組があるのを聞きつけてきた。

皆で「出よう、出よう」と盛り上がり、曲は兄が、アメリカン・ポップス「On the Sunny Side of The Street」（ドロシー・フィールズ作詞、ジミー・マクヒュー作曲。サッチモやビリー・ホリデーなど多くの歌手が歌っている）を選び、すぐに編曲。

兄の成蹊高校の友達も二人加わって、毎日、猛練習。アメリカらしい「人生楽しもう！」って歌だ。

ついにコンテストの日になった。色々な家族が出場している。

さぁ、次は私達の番だ。母から順番に舞台にゾロゾロと上がって行き、円型に並ぶ。

そして、ピアノのキー音が鳴り、兄の指揮棒の一振りで歌い出す。

♪Grab your coat and get your hat.

Leave your worry on the doorstep ♪

♪さぁ、コートを掴んで、帽子を被って、心配なんかドアに置いて、陽の当たる道に行こう♪

ドキドキ、ドキドキ、振りもなしに突っ立って夢中で歌っている。姉達も上を向いて、眼をキラキラさせながら歌っている。私もボーッとしながら、一生懸命声を出す。

無事に歌い終わった。

いよいよ、結果発表。

ファンファーレが鳴り、

「優勝は『On the Sunny Side of The Street』を歌った椙山家です」のアナウンス。

優勝した!

ただただ、嬉しかった。興奮してしまって朧気《おぼろげ》な記憶だが、その時の準優勝は伊藤姉妹、後のザ・ピーナッツの二人、ピアノ伴奏は中村八大さんだったとか。

なんかバター臭く、でも、音楽に溢れた家だった。

音楽に溢れた家だった

辛子の溶き方と納豆の混ぜ方はこう

「なっと、なっと、なっとう〜！　なっとお〜〜！」と「納豆売り」の声。

家の前の細い路地に「納豆売り」が入ってくる。本場の水戸で作られ、明け方水戸を出て、東京に売りに来ているのだ。四十代くらいの男の人が、納豆を一杯詰めた袋を肩から吊るしている。

母からお金を受け取って、急いで門の外にでる。

「おじさん、三本下さい」

「お嬢さん、一本十円で三十円だよ。いつもありがとう」と、納豆屋さん。

「ありがとう！」と納豆を持って家に駆け込む。私は納豆が大好き。喜んで「混ぜ係」をする。

今のようなパックの納豆ではない、藁に包まれた〝藁包み納豆〟だ。

まず、両側に結ばれた藁の紐を外す。両側から合わせるように包まれた藁を開けると、納豆が顔を出す。白いネバネバの付いた大きい豆の納豆が藁に絡み付いている。藁の日なた臭い匂いと納豆の良い香りが絡み合っている。それを大きな丼に移していく。包んだ藁にしっかり絡みついている豆と奥の方に隠れている豆を探しながら、残りがないように全て丼に入れる。

さぁ、次は辛子の用意。今のようにチューブの辛子などない。S&Bの黄色の缶に入った粉辛子を小さな茶碗へ入れ、水で溶く。

椙山家は辛いものがとても好きだ。だから、辛子の溶き方にも一家言がある。加える水の量も重要。適度な粘りの出る量の水を調整しながら足していく。ゆっくり混ぜてはせっかくの辛味が出ない、という。手早く、力を入れて、グルグル、ガッ、ガッ、ガッ、と溶く。そうすると辛味がしっかり出るのだ。

混ぜるのは納豆も同じ。

丼を脇腹に抱え込み、ネバネバが白っぽい色に変わるまで箸で混ぜ続ける。そこに混ぜた辛子と醤油を入れて、また、混ぜる。

「できたよ」と私。

「ありがとう。ご苦労さん。さぁ、みんなで食べましょう」と母はお釜の蓋を開ける。

炊きたての湯気の立つ白いごはんを茶碗に盛り、思いっ切り納豆を載せる。

辛子が鼻にツーンとくる。食欲をそそる。これがなくては〝極上納豆〟とは言えない。

「美味しいね～」、納豆好きの家族は、満足、満足。


昭和三十年時代の椙山家の「朝模様」だ。ただ、一つだけ問題があった。

父は関西、神戸の出身。その頃、関西の人は納豆を食べる習慣がなかったらしい。父はただの納豆嫌いだけでなく、「目に入るところには置かないでくれ」と頼むほどの、見るのも嫌の強行派。それに反して、父以外は全員、大の納豆好き。

だから、父のいない時に食べるか、または、テーブルの下に隠してそっと出して素早くご飯に載せ、素早く食べる。

これが椙山家の納豆の食べ方だった。

昔懐かしい、藁に包まれた納豆と粉末からし

次はダッチョタヌキ駅〜

「みなさま〜。次はダッチョタヌキ駅〜。ダッチョタヌキ駅〜」と瑛子姉が大きな声でアナウンスをする。

姉は近所の悪ガキ数人を集め、二本の長い紐で両側に線を張り、全員、中に入って順番に両手で紐を掴む。姉が運転手兼車掌で先頭になり、後ろに悪ガキを従えて列を作り足並みを揃えて歩く。

つまり、電車のつもりなのだ。

戦争直後、椙山家は父親の仕事の関係で千葉県市川市に住んでいた。

住居となっていた一軒家の庭には防空壕の残骸があって、暗い横穴がぽっかり開いていた。その穴に拾ってきた木の棒で柵を作り、檻に見立てて姉は嫌がる三太を閉じ込め、それっとばかり急いで悪ガキ仲間を招集する。

悪遊び開始。庭の端から電車は出発して防空壕の前を通り過ぎる。

いじけて柵から出られない三太兄を横目で見ながら、悪ガキ電車は「次の駅はダッチョタヌキ駅〜。ダッチョタヌキ駅〜」と檻の前を行ったり来たりする。当然、三太は「ウェン、ウェン、グスグス」と泣き続ける。

それを見て、また、姉は「みなさま、右手をごらん下さい。泣きべそダッチョタヌキがいます。泣きべそダッチョタヌキで〜す」と、もっとからかう。

数分後、母が来て、救い出した時には、三太兄の顔はもう、涙と泥でぐちゃぐちゃになっていた。

戦前、名古屋に住んでいた時に、三太は百日咳から発症した脱腸に苦しんでいた。力を入れると腸が出て、とても痛がっていたらしい。忙しさも相まって、「大丈夫おばさん」の母は自然に治るのを待っていたのだが、結局、治らず、ついに近くの大学病院に連れて行った。

手術が必要と言われ「では、今から手術をお願いします」と、聞いたその場で医者に頼んだのだ。「一度、帰って夫に相談してきます」が普通の答え。その即決ぶりに医者もひどく驚いたそうだ。

逆境の効用…

結果、簡単な手術で無事に治癒。でも、その時のことを姉はからかいのタネにしていたのだ。そのせいか、兄は逆境に強かった。

姉のからかいで免疫力をゲット？

小学校一年生の冬のある日、日南子の朝から夜まで

朝起きると布団が三つ並んでいる。

「お兄ちゃん、お姉ちゃん。オハヨ！」

目を覚ました私は声を掛けて起き上がる。肩を冷やさないために前から掛けていたドテラ（綿入れ）を後ろから着なおす。寝ぼけながら布団を畳み、由美姉と私は下の段に、三太兄は上の段に布団を仕舞う。そして、ぬるくなった湯たんぽを脇にかかえて一階に降りる。

「お母さん、湯たんぽありがとう」

そう言って渡し、一階の北側の奥にあるボットン式のお便所に向かう。お便所の床の隅の方には竹の小さな籠が置いてあり、ゴワゴワの灰色のちり紙が入っている。用を済ますと洗面所に行き、柄が木製で黒い毛の付いた歯ブラシに粉の白い歯磨きをなすりつけ、歯を磨く。洗面器に水を張り、固形石鹸で顔を洗い手拭いで顔を拭く。冷たい水で顔が突っ

張る。

そのうち、全員起きてきて朝ごはんとなる。前夜にかつおの削り節を木製の削り器でゴリゴリ削った薫り高い削り節で出汁を取った味噌汁が出てくる。具は木綿豆腐に刻みネギだ。美味しい味噌汁だ。

卓上には母が丁寧に漬けている色鮮やかなぬか漬けの大鉢が真ん中に置いてある。父がいない時は納豆もある。

お釜で炊いたご飯には時々、黄色の米粒が入っていることがある。それは国から配給されたビタミン入りの米粒だ。ビタミンB_1不足で発症する「脚気《かっけ》」を予防するために国がとった政策だ。この政策の施行で「脚気」がなくなったらしい。食べ終わると食器を台所の流しに運ぶ。水道はないから、井戸水で洗う。洗剤は白い粉状のもので、タワシを使って洗う。一人が井戸の把手を漕ぎ、他の一人が洗う役。井戸水は冬でも温かいから楽なのだ。

学校は公立で制服はないから、普通の変哲もない服装にビニール製のズックを履いて登校する。引っ越したのに転校をしていないので、子供の足で三十分もかかるため、早めに家を出る。クラスは結構、大人数。いつも教室でボーっとしているので、友達はいない。

お昼になって給食の時間になった。クジラ肉の煮付けが出てきた。噛めば噛むほど味が出てくるので、クジラ肉は好きだった。でも、一緒に出てくる脱脂粉乳が苦手でどうしても最後まで飲めない。毎度、担任の女性教師の安田先生に怒られるが、どうしても飲めない。気持ちが悪くなって吐きそうになった私は残してしまう。

「仕方がないわねぇ」

優しい安田先生は許してくれる。でも、通信簿にはそのことと

「頻繁にあくびをしています。早く寝かせて下さい」

と、何回も書かれていた。

家に戻ると母が裏庭の井戸水でシーツを洗濯している。大盥《おおたらい》に棒状のせっけんを塗り、シーツを洗濯板に押し付けてゴシゴシ洗っている。早速、足踏みを頼まれる。靴を脱いで、盥に入り、シーツを足で踏んで汚れを落とす。人力洗濯機だ。そうして洗ったシーツを表の庭の物干し竿にシワを伸ばしながら吊るす。

夕方になり近所の子供達が路地に五、六人ほど集結し、「缶蹴り」が始まる。円を描いた中に空き缶を置き、一人が「カーンッ！」と蹴る。それをオニになった人が急いで戻す間に他の者はどこかに隠れる。オニは順番に探していくが、全員、見つける前

カーンッと缶蹴り

に再度、缶を蹴られるとオニをやめられない、という一種の「かくれんぼう」だ。

飽きると「縄跳び」をしたり、「ケンケンパ」をやったり、暗くなる前まで遊んだ。

夕食の支度の時間になった。母が冷蔵箱（冷蔵庫ではない）の戸を開けるとほんのりした冷気が出てくる。上の棚には一昨日、氷屋さんから買った氷の塊がまだ、残っている。

二、三日に一度、氷屋のおじさんはリヤカーに氷の大きな塊を載せて売りに来る。

「冷蔵箱用を一つ下さい」と頼む。

れる。

「あいよッ」

と威勢のいい声で答えてくれ、氷用のノコギリで長方形に氷を切って玄関まで運んでく

「今日は筑前煮を作りましょう」

母が鶏のモツ肉を取り出す。手伝いを促す母に、「は〜い。何をする？」と聞く。「これをやって」と泥の付いた長いゴボウを渡し、「洗ってササガキにしてちょうだい」と頼んでくる。ササガキにするのは結構、好きだ。まるで鉛筆削りの如くで面白い。筑前煮はゴボウは普通に切ったのではなく、絶対、ササガキが良いのだ。

大きなボウルに水を張り、包丁で斜めに削りながらササガキゴボウを入れていく。水が薄茶色になり、灰汁《あく》が取れていき、最後に水切りをする。そして、次はさやえんどうの筋取りをする。その間に母は手早く、大釜でご飯を炊き、すべての準備を済ませていく。

居間の方には兄達も帰ってきていて、友達らしき声も聞こえてくる。笑い声が台所まで届く。相変わらず楽しげな雰囲気だ。筑前煮も出来上がり、ご飯も炊けて、掘り炬燵の上のテーブルに並べられた。

「美味しそう」、「旨そう！」

賞賛の声がかかると、母の顔がほころぶ。

父も帰ってきて、食事が終わると、早速、ゲームの時間となる。昭和四十三年にＮＨＫで始まった「ジェスチャー」をやってみようと決まる。

部屋の隅と隅に二手に分かれて、父が二手の真ん中に座り、紙に書いて問題を出してくれる。一名ずつ選手が出てきて、問題を見て、急いで自分のグループに戻り、あの手この手で表現する。先に当てたグループが勝ちだ。

例えば出される問題は

「お酒を飲んで、酔っぱらって、タコ踊りをして、寝込んだ男の人」

などが出る。選手は手で波を表現。続いて泳ぐ様子。当てる方は相手に聞こえないように小声で

「何？　川で泳いでいる人間？」

選手が首を横に振る。

「魚？」

選手が首を傾げる。タコは魚か？　考え込む。あまりに分からないと、ジェスチャーを

している人が「どうして分かんないの?」と切れて声を出してしまう。声を出すのは違反なので、すぐに

「しゃべり禁止!」

父の注意が入る。

身体をくねくね、ひっくり返り、口を尖らせ、一生懸命にジェスチャーする。

「ギャハハハ〜」

その様が滑稽で笑い転げてしまい、競争にならないこともあった。

私と由美姉はまだ、見物のみ。十一時を廻るとさすがに母が「もう、寝なさい」と私達を二階に追いやる。仕方なく、一階の笑い声を耳にしながら、眠りに落ちる。そして、また、朝が来る。

スーパーレトロな日々だった。懐かしい!

母を少し恨んだ

椙山家は男二人、女三人の五人兄弟。女三人だと、下の二人は我慢させられる場合が多い。その一つが洋服事情だ。

現在のような古着ブームではなく、下の二人はいつも選択の余地がない古着一辺倒。つまり、所謂「お下がり」ばかりを着せられる。一番上の姉が来たものが順番に下がってくる。洗って、洗って、酷使しているから新品さはどこを探しても見当たらない。ブラウスもスカートも、時には下着までも！

新しい服を買ってもらったのは、父の渡米の見送りの時だけだった。

でも、そんな洗いざらしの服を着ていても、世の中、それが普通だから少しも目立たない。だから、からかわれることもないし、全くいじめられることもなかった。ただ、心の底の方で、一人っ子に憧れる気持ちはあった。

ある休日の午後、中年の夫婦が我が家を訪問してきた。父の仕事上の知り合いで、私達が住んでいた中央線の荻窪駅の南側の大きなお屋敷に住んでいる人だという。父と母はお茶とお菓子を前にして歓談している。そこに私が呼ばれた。

父と母の間に神妙に座る。

「ご挨拶しなさい」

母が私の頭を少し押した。私は「誰なのかな～？」と思いながら「こんにちは」と深く頭を下げた。

するとお客様は二人して私を正面からジーッと見つめる。

「お名前は？」

「食べるものは何が好きなの？」

「学校は楽しい？」

矢継ぎ早に質問をしてくる。私を見る目付きが強くて変だったが、順番に答えてお菓子を食べ終わり、手持ち無沙汰になって困っていると、父が私に「外で遊んでおいで」と退席を促した。

その日の夜のこと。

「今日、昼間会ったおじさんとおばさん、好きだった？」と聞く父。

「うん。優しそうな人だった」と答える私。

何でそんなことを聞くのかな？と思ったけれどすぐに忘れてしまった。

数年後、母から聞かされた話には相当、驚かされた。あの時の夫婦は子供が出来なくて、どうしても私を養女にしたいと懇願したそうだ。

「でも、相談して断ったからね」とシラッと母が言う。

どこが気に入ったか不明だが、「お嬢さんを下さい」と何回も頼んできたそうだ。

それを聞いて、既に終わったことだけど、私は、かなり残念に思った。

もし、養女に行っていたら……

大きなお屋敷で、きっと、自分の部屋があって、一人っ子で、綺麗なフリルの付いた新しい洋服を着せられて、布団でなくベッドに寝て、やさしく構ってくれて、まるで映画の中のお嬢様のような生活が待っていたのに……と想像した。

「どうしてハイと言ってくれなかったの」

少々、むくれて、下唇を突き出して母にせまった。

「嫌だったからね」

母は多くは語らなかった。

母は自分が六歳の時に養女に出されている過去がある。辛い思いも随分としたらしい。状況は違っても、そんな思いを私の養女の話に重ね合わせて、承知をしなかったのだろう。父がどう思っていたか？は今になっては知る由もない。仕事関係でむやみに断れなかったのか？　それとも、その方が私にとって良いと考えたのか？　あんなに子煩悩だった父がその話を検討したこと自体が不思議な気がする。望まれて生まれた子ではないとは思いたくない。

その時は母を少し恨んだけれど、やはり、椙山家の子供でいられて良かった。

読書派の姉・木の上の私

「また、本を読んでいる〜」

「ねぇ、手伝ってよ〜」

と私が言っても全く無視。次女の由美姉はいつも部屋の隅で、しゃがみ込んで本を読んでいた。

椙山家の二階の壁際の書棚には沢山の古びた分厚い本が整然と並べられていた。例えば、ロシアの文豪ドフトエフスキーの代表作『罪と罰』、〝世界十大小説の一つ〟と称されるフランス十九世紀中期の作家、スタンダールの『赤と黒』など、どちらかと言えば大人が読む、難解な本だ。姉はそれら全てを読破している。

その他、ハヤカワ文庫のミステリーなど、家にある本は次から次へと読む。だから「知識の宝庫」。学校では「卑弥呼」と呼ばれ、家来を従えて学校内を闊歩。

成績も抜群だった。本を読まず、庭で花や虫と遊んでばかりいる私とは正反対。

中学時代も授業中、姉が寝てると思って先生が「椙山さん、起きて下さい。今、教えていたイギリスの首都はどこですか?」などと質問する。

すると目を開け、サッと立ち上がって「はい、ロンドンです」パッと答える。

先生は「寝ていて聞いてなかったはずなのに……」と、怪訝《けげん》な顔をしていたそうだ。

すごい、というか、嫌味というか。本人によれば「寝ていても聞こえている」そうだ。

それを聞いて以来、我が家では姉がイビキをかいてうたた寝している横では、絶対、彼女の話はしない。

例えば「最近、あの仲が良かったボーイフレンドの○○君とケンカ別れしたらしいよ」とか言うと、ムクッと起き上がって、

「ウルサイ。別れてないわよ」と逆襲が来る。


そんな姉の他の一面。

兄達の友達が大勢遊びに来ると、本を読むのを止めて、

「お母さん、何か手伝うことある〜?」と聞く。

そして、甲斐甲斐しく母の手伝いをする。

それを見て私は「あれ～、さっきまで無視してたのに」と驚く。

すると兄の友達は、「由美さんて、本当は女らしいのですね」と感心され、モテる。

「うも～、ずるい！」と思いながら、私は暗い奥の台所で井戸のポンプを押していた。

年上の鋭い姉には逆らえなかったから。


私の方は暇さえあれば、庭の大好きな場所に行って時を過ごしていた。

そこからは季節ごとに庭に咲く花、コスモス、ダリア、菊、チューリップ、ひまわり、すみれ、時には庭を覆った芝桜も眺められた。

その場所は庭に一本あった樫の木。よじ登れるほどの高くない、二股に分かれた枝の上。

兄や姉たちからは、「また、木の上にいる」と笑われたが、気にしてなかったと思う。

私にとってボーっとできる一番大切な場所だった！

読書派の姉・木の上の私

ぶっきらぼうな優しさ

「お母さん、どうして私だけ成績が悪いの？」

ある日、陽だまりの縁側で私は母に思い切って尋ねた。

小学校時代、成績コンプレックスだった。上の兄二人、姉二人は皆いつも成績優秀。なのに、私は下から数えた方が早かった。

でも、中学に入っての美術の時間で花開いた。遠足で「井の頭公園」での写生時間。樹が緑に輝く絵を描いたら、全学年の展覧会で銀賞を取った。緑の葉が繁り、茶色の幹だけが描かれた風景画だった。

初めての自慢事。

質問への母の答えは、「あんたは頭が悪いけど、絵が上手だからねぇ」。

傷ついた！

浩一兄はそんな私を知っていたに違いない。

それから数日後、春の暖かい午後、庭にいた私に兄は一言、「はい」と言って一冊の本を渡してくれ、何も言わずに歩き去った。

「えっ、何?」と思いながら見ると、それは「ブラックの画集」だった。

ジョルジュ・ブラックは二十世紀前半に活躍したフランスの画家。ブラックはパブロ・ピカソと共にキュービズムの創始者のひとりで、後半の作風は黒や灰色や、茶色を主体にした落ち着いた静物画を多数残している。

兄がくれたその画集はブラックの絵だけの縦十五センチ、横六センチ、厚さ一センチくらいの薄くて渋い小さなもの。開くとブラックの特徴的な重厚な茶色、黒を基調にした鋭角的な静物画が数枚載せられていた。なんとも好きな絵だった。だから今もブラックの絵はすごく好きで、見る度に心が揺さぶられる。

ロサンジェルスの美術館に行った時、ブラックの絵があった。足が止まって動けなかった。

あの時の兄のぶっきらぼうな優しさがとても嬉しかった。

皆勤賞はなし

朝起きると、父が「今日は学校を休みなさい」と言う。

三太兄と由美姉は「何をするのだろう?」と不思議そうな顔をしている。

母は「大丈夫おばさん」の本領発揮、理由を説明もせず、すぐに三人によそ行きの服を着せ始める。学校が少しも好きでない私は「やった〜」と心の中で喜ぶ。

父に連れられて荻窪駅から東京駅へ、山手線に乗り換えて降りた駅は上野駅。公園の中を歩いて通り過ぎると煉瓦造りの大きな建物に着いた。

国立の一九二六年に開館された「科学博物館」だ。

暗い館内に入ると、見たこともないような構造物が並んでいる。科学に基づいた実験的な物だったと思う。触ったり、実験を実際にやったり、音を出したりするものを父は一つ一つ丁寧に説明してくれた。

結局、三太兄は大学は化学を選んだので、少なからず影響はあったのだろう。でも、私は「分かんないものが並んでる変なところ。でも、学校より面白いや」とシンプルな感想だった。

こんな教育的な休み方もあったが、私が、朝起きて、「今日、学校に行きたくない」と母に訴えると、「じゃ〜、行くのをやめなさい」とあっさり答える。

前夜、叱られないままに遅くまでゲームをして遊んでいたので寝不足なのだ。通信簿に「授業中にあくびが多い。早く寝かせて下さい」と毎回書かれていた。

二年生の時には南荻窪から東荻窪に引っ越したにも拘わらず、何故か転校せず区域外で元の小学校に通わされていた。

「現在通っている小学校は、杉並区立の中では最も教育水準が高いから」が理由。なのに「行きたくない」と言えば「行かなくても良い」と返事する、矛盾に満ちた母だった。

転居前には五分で行けた学校も、転居後は徒歩で三十分近く掛かる。青梅街道に面する四面道の交差点から環状八号線をどんどんと南に下り、中央線の大きな踏切を渡って歩く。その道筋は好奇心の強い小学生にとっては魅力と誘惑で一杯だった。

まずは中央線の「大踏切」。

私はすぐに「踏切のおじさん」と仲良しになった。眼がギョロッとしていて、黒く陽焼けして、優しいけれど無口な太った人で、踏切小屋にいつも座っていた。

踏切には端から端までの長いワイヤーがあり、黄色と黒の注意を促す小さな看板が沢山下げられている。電車の通過時には大きな鉄製のハンドルをぐるぐると回して、そのワイヤーを上下させる。

昭和三十年代になると自動化は進むが、その頃は「踏切係員（警手）」が手動で行っていた力のいる大変な作業だった。私は踏切小屋に座り、荻窪駅から八王子に向けて線路上を「ゴ～ッ」と勢いを付けて通り過ぎる電車を眺めるのがとても好きだった。

また、おじさんの横でハンドルを回すのを手伝わせてもらったり、お茶を飲ませてもらったり、線路際の紫色鮮やかなすみれの花を摘んだりして遊んでいた。おじさんは何も言わずに好きにさせてくれ、眺めるのに飽きると飴をもらって家に帰ってきていた。

「ただいま～。踏切のおじさんと遊んできた」と母に言うと、「まぁ、良かったわね」で終わる。

また、踏切の反対側には木々が鬱蒼《うっそう》と茂ったお寺の境内があり、そこはいつも人の気配もなく、静かで空気は澄み、心がなごむ場所だった。

二月になるとピンクや白の椿の花が次々と咲き、境内が椿色に染まる。花を見て数時間過ごした後、私は地面に散らばる椿の花びらを一枚一枚拾って広げたスカートに山盛りにして持ち帰る。

家に着くと母のいる部屋に飛び込み、「お母さんにあげる」と渡す。そんな時も母は決して怒らず、「まあ、たくさんの花びらをありがとね」と言って微笑む。

そして、南の庭に面したガラス戸を開け、その花びらを午後の陽だまりの縁側に順番に並べる。暖かい午後の日差しを浴びながら縁側に座り、「綺麗ね～」と言って喜んでいる「飛んでいる母」だった。

こんな父母の育て方では「皆勤賞」はもらえるわけもなく、兄弟全員がこの賞からは遠い存在だった。

鉄製のシナ鍋・寸胴鍋の料理・乳酸菌&お焦げ

夕食の料理にはいつも鉄製のシナ鍋と寸胴鍋《ずんどう》が大活躍する。

シナ鍋は両側に取っ手がついた直径四十センチもありそうな鉄製の中華鍋。それを二重の火が出るガス台に載せて具を炒める。シナ鍋とは中華鍋のこと。その頃はシナ鍋が通称だった。そのシナ鍋を使っての一番の料理は筑前煮だ。元々は福岡県の料理で、がめ煮とも呼ばれる栄養満点の炒め物だ。

具は鶏肉と、手切りをして塩もみし、さっと洗った千切りこんにゃく。野菜は乱切りの人参、粗切りのタケノコ、ささがきゴボウ、ぬるま湯で戻し扇型に切った干しシイタケ。さやえんどうは彩りよく塩ゆでしておく。

味付けは砂糖と醤油とみりんで甘辛にする。でも、家ではみりんは使わず頂き物の特級の日本酒を使っていた。酒飲みが聞いたらとんでもないかもしれないが、父母、兄弟、全員誰もお酒類を飲まないからだった。

通常、家ではメインの鶏肉の代わりに鶏モツを使っていた。

モツには親鳥が卵を産む前の黄身が入っていたり、黄身の表面の血管が見えたり、黒っぽいレバーが入っていたり、美味しいけれど何か変だった。理由は大勢に食べさすための正肉とモツの値段の差だったと思う。

ただ、母が中華料理屋さんのごとく、味付けをしながら強火で具をサッと炒め上げ、大皿にドッと盛りつけ、仕上げに緑のさやえんどうを散らすと、皿の上ではチラホラ見え隠れする黄身の黄色が映えて、色美しく、食欲を刺激していた。


また、珍しい料理で人気だったのは「牛のテールシチュウ」。

今や高級料理だが、当時はテールなどを食べる人がいなかったので、お肉屋さんのケースに並ぶ食材ではない。馴染みの肉屋に頼んで安価で手に入れていたようだ。

作り方は、寸胴鍋の出番。

大きな寸胴鍋に輪切りにして湯通しをしたテールを入れ、玉ねぎ、じゃがいもは、皮を剝《む》いて切らずにそのまま使う。人参も大きく切って入れ、チーズとトマトピューレ（ケチャップではなく）、マギーのスープの素《もと》を足して、塩、コショウで味を整え、練炭火鉢の上に置いておき、コトコト数時間煮込む。練炭火鉢は、部屋は暖かくなるし、シチュウは出来るし、一石二鳥。家は昔の木造家屋だから隙間だらけなので何時間煮ても一酸化炭素中毒の心配もない。途中、四つ切りにしたキャベツを足して、キャベツがデレっとしたら完成。

テールの骨の中にはプリプリしたゼリー状のものが詰まっていて、そのプリプリをほじくり出して食べていた。

健康志向なんてなかったけれど、コラーゲンたっぷりで健康には良かったようだ。

さらに忘れてはならない極上のご飯。

それは裏庭の竈《かまど》によく洗った米が一杯入った大釜を載せ、薪を焚《く》べながら丁寧に丁寧に炊く一升炊きのお釜のご飯。底の方には香り高いオコゲが存在するあのお焦げご飯。

その頃のご飯の炊き方は有名な「初めチョロチョロ、中パッパ、赤子泣いても蓋とるな」だった。末っ子の私は竈の前にしゃがんで、「中パッパ」で泡が吹き出してくるのを知らせる係を任命されていた。火の勢いが弱まらないように薪を足していく。そのうち、蓋の横から湯気が泡状になって出てくる。この時を逃して知らせないとご飯は焦げ過ぎてしまう。

「お母さん、吹いてきたよ〜」と大声で知らせると母が飛んでくる。

その吹きこぼれ方を見て、母は蒔を調節する。最後は火を落として数分蒸らす、という正統派の炊き方だった。

炊き上がると母は大きなオカマを「ヨイショ！」と居間に運ぶ。

黒くて重い木の蓋を取ると、少しオコゲの香りがして、白くピカピカにお米が立っている。母は手際良く、お茶碗にご飯を盛っていく。

みんな唾を飲んで待っている。至福の時だった気がする。


最後に一斗樽で漬けるぬか漬けだ。

「うわ〜、美味しそう！」と一斉に言う。箸がぬか漬けに集中する。

毎夜、出てくる深鉢に盛られたぬか漬けの山。

キュウリは爽やかな緑で斜め切り、ナスは「茄子紺」と言われる目がさめるような紺色で切り口は白のグラデーション、カブは白く、緑の茎が上に向いている。バランス良く並べられた野菜が食欲をそそり、食べる人を魅了する。

家では、野菜は二十分歩いて中央線荻窪駅の線路際にある大きな八百屋さんに買い入れに行っていた。竹で編んだような紐の手が付いた長方形の籠を持って行く。籠にはキュウリ、ナス、大根、キャベツ、トマトなど詰め込まれ、私は半分持たされ、家につく前には手が痛く赤くなるほど。

「お母さん、手が痛いよ〜」と訴える。

「もうすぐだから」と母は取り合わない。

でも、大好きなぬか漬けの野菜だから、私は我慢する。

キュウリだって今のスーパーで売っているようなへなちょこキュウリではない。がっちりした風貌で、重さがあり、緑の濃いキュウリ。

まず、ヘタを取り、本体と摺り合わせて苦みを取り除く。そして、縦に三本、皮を剝《む》いて白と緑の縞模様を作る。残った皮の量が丁度良い歯ごたえになるのは母のテイスト。

木造りの古い一斗樽に山のようにぬかを入れ、水と塩を足し、唐辛子や柿の葉を加えて、野菜類を思いっきり入るだけ漬け込む。水が出てくると、ガーゼをのせ、上に出てきた水分を取り除く。味が悪くなると母はいつも整腸剤の「ビオフェルミン」を砕いて入れていた。善玉の乳酸菌を増やすためだ。

作ってみた人には分かるけど、ぬか漬けはとても我儘な食べ物だ。気を使ってあげないとすぐに、不機嫌になる。愛情を注ぎ、常に大事に扱わないと拗《す》ねてしまって不味くなる。まるで駄々っ子だ。

実はぬか漬けは乳酸菌の宝庫の食べ物。ヨーグルトなどはなかったから、ぬか漬けは整腸作用に抜群の「乳酸菌たっぷりの和風サラダ」だったのだ。

ただ、昭和二十年代に、珍しかった「テールシチュウ」のレシピを、母がどこで手に入れたかは聞きそこなってしまった。

椙山家の謎の一つだ！

母の絶品料理、テールシチュウ

そうだ、皆にお願いしよう！

「あ〜ぁ、今月もなくなっちゃった」、母が呟いている。

毎月末のことだから子供達も驚かない。訪問者なら誰にでも食事をさせてしまうので、父の給料日の前にはいつも火の車。父はそれを責めず、楽しそう。母の方は若い時に親からもらった帯留めや宝石類を次々と質屋に持って行き、売っては換金し、食費に充てていたようだ。

母は高いものには興味がない。私が、「お母さん、あの緑色の綺麗なもの着物に付けないの？」と聞く。

「あのね、あれはみんなのご飯になっちゃったのよ」と母は笑いながら答える。確か緑の翡翠《ひすい》の五センチくらいの帯留めだった。

母はおしゃれをして出かけることにも興味がない。

父も母も根っから人が好きなのだ。

でも、ある日、ついに売るものも底を突いてしまった。

「どうしようかな？」母は思案顔。

「そうだ。皆にお願いしよう！」母の顔がパッと輝いた。

早速、玄関の床の上に段ボール箱を用意。中を覗くと、「お米、お願いします」と書かれた一枚の紙が入っている。

数日後、箱が一杯になっている。

遊びに来る人達が、そーっと、お米の袋を入れている。

みんな優しいのだ。

母は、「あらら、一杯になっている」と嬉しそうに笑う。

「有難いわねぇ〜」と言いながら、お米をイソイソと台所に運ぶ。

そして、それをまた、丁寧に洗って、裏庭の竈で大釜を使って一升炊きして、沢山の来客に食べさす、という循環型。

楽しさと温かさと優しさが満杯の家だった。

母の格好をつけず、素直な、そして、突き抜けたようなアイデアに脱帽。

戦争を潜り抜けた人は肚が据わってる！

そうだ、皆にお願いしよう！

大きいものを取ろうとしていた

「ジャンケンポン！　アイコデショ！」と大声で勝とうと必死に戦う。
五人も兄弟がいると生存競争は激しい。それは家族の夕食時のおかず選びにも表れる。

昭和五十年代以降から日本は「飽食の時代」と言われ始めた。
それから四十年。「飽食」を通り越して、今やもう、元気の気分が削がれるほどの「一億総ダイエット時代」。いくらでも食べられるのに食べない、食べ物をどんどん捨てる、「モッタイナイ時代」。

覚えているのは、その頃、私達にとってご馳走だったトンカツの争奪戦。
始まりは食卓の上に並べられた五枚の皿。皿の上には揚げたてのトンカツが数切れずつ盛られている。

時代的に世の習いとしては、長男から選ぶ風な習慣だったと思う。でも、我が家は違ってその点、「男女同権」。選ぶ順番は男女、年齢に関係なく、平等にジャンケンの勝ち負けで決める。

「さぁ、ジャンケンだ」

一瞬、シーンとする。

何を出そうか？　大いに迷う。グー、チョキ、パーと食卓の上に手が集まる。

何回かの「アイコデショ！」で勝敗が決まり、激戦を勝ち抜いた者は誇らし気そのもの。

勝者は全部の皿を上から見たり、横から見たり、反対側から見たり、なるべく大きそうなものを探す。待っているものからヤジが飛ぶ、「早く〜早く」と。

でも母はこの点に関して一種の天才だった。

秤《はかり》を使うわけでもなく目分量なのに、どれもほとんど同量に盛ってある。

凄腕だ。

そんなわけで椙山家の女性陣は成長してからも勝負強く、なおかつウルサイ。

全ての事柄に対して黙っちゃいないタイプになり、しとやかさとは縁がなく育ってしまった。

でも、今なら普通！

近所の人も見送りに行くほどのこと

「行ってらっしゃ〜い！」

「気を付けて〜！」

「手紙書いてね〜！」

赤・緑・黄色・青の色とりどりのテープをしっかり手に持って、皆、船上の父に叫ぶ。父も少し、緊張の面持ちで、高い船のデッキから一生懸命こちらに向かって手を振っている。

「ボォ〜！」と汽笛が鳴り、ゆっくりと船は岸から離れて行く。

途中で次々とテープが「パチンッ、パチンッ」と切れて行く。それが何か不吉を表しているようだった。無事に帰って来てくれるのか？との心配が皆の心をよぎる。

そして、父の姿がだんだんと小さくなって、最後には識別できなくなるほど離れて行ってしまった。

「行ってしまったねぇ」と母がボソッと呟いた。

「お父さん、行ってらっしゃ〜い！」

昭和二十六年、アメリカ船籍の「プレジデント・ウィルソン号」の大型客船が出航する横浜港の光景だ。

船上には父、地上には母、浩一兄、瑛子姉、三太兄、由美姉、私の家族全員。それと何とご近所の方々。向かいの家の麻雀仲間の眼鏡のおばさん「佐藤さん」、右隣の着物姿のおばさん「諸橋さん」、その息子の「ゴローちゃん」もいる。

ご近所さんまで見送りに行った時代があったとは面白い。「渡米」は近所でも大騒ぎになるほどの事柄だったからだ。

その頃、父は防衛庁に在籍していたが、きっと、視察だったのだろう。仕事での渡米だった。アメリカの西海岸まで、船で二週間掛かっていた。

「手紙を書くよ」と約束していた父から、ある日、船上からの手紙が届いた。

母が急いで開封すると、白い便箋の真ん中にペンで大きく絵が描かれている。

それは牛肉の大きいステーキの絵だった。厚切りのステーキの上には輪切り状の何かが載っている。説明文が付いていて、「厚～いステーキの上に玉ねぎの輪切りを焼いたものが載っている。こんなものは食べたことがなく、最高に美味しい」。

「戻ったら、絶対に作ってくれ」と書かれている。

さらに、びっしりと書かれていた文にはグレープフルーツの食べ方など、全て珍しい食べ物のことばかり。

不安を抱えていた母は特に拍子抜けしていたと思う。さすが、食べること大好きの父からの手紙だった。

父のアメリカ土産は「練《ねり》香水」と「赤と白のバラの花柄のタフタの生地」だった。それは長女のみのお土産だった。見たこともない「練香水」、小さな蓋の付いた入れ物に入っていて、開けると身の周りにはない良い香りが広がった。

「ねぇ、お姉ちゃん、触らせて」とお願いすると、ちょっとだけ触らせてくれた。

大人の女の人の香りだと思った。

てんやわんやの大騒ぎ

父の渡米には、次女の由美と私にとって嬉しいことが付いてきた。

ある昼下がり、母が由美姉と私を立たせてメジャーで身体のあちこちを測り始めた。そして、買い物に出かけ、白い生地とチェックの生地を買い込んできた。

型紙を作り、布を広げてカットする。そして、部屋の奥に置いてあったミシンを明るい縁側に引っ張り出し、洋服を縫い始めた。

ガタガタガタガタ。ガタガタガタガタ。

足踏みのミシンで、母が集中して縫っている。

それは、見送りのためのジャンパースカートとブラウス。新しい洋服を由美姉と私にお揃いで作ってくれたのだ。さらに、ウールのフードの付いた短いコートも買ってもらえたのだ！

洋服はいつも長女の着古した「お下がり」ばかり。自分達のものだけの新しい洋服は何とも新鮮だった。

私にとっては父の心配より、フードの付いた新しい洋服が大事だった。

お酒を飲まなかった父は休日は家で過ごすことが多く、趣味の一つとしてカメラにも凝っていた。撮った写真を自宅で現像をして、気に入ったものは大きく引き伸ばし、壁に飾るほどの写真好きだった。そのため、家族や風景や花などのスナップ写真は数多く保存されていた。

しかし、渡米が決まり、これは大変だ、記念を残さなければ……

家族全員で荻窪駅近くの写真館に家族写真を撮りに行くことになった。

準備はてんやわんやの大騒ぎ！

まず、母が電気コテの電源を入れる。瑛子姉から順番に電気コテで髪の毛を装う。熱くなったコテで髪の毛を巻き、焦げる前に離す。少し、焦げ臭い匂いがするので、焦げて燃えてしまうのではないかと心配になる。でも、髪の毛はクルッと丸まる。最後に母が自分の髪を整える。

父はダブルの背広を着こみ、母は一張羅の着物を着る。瑛子姉は白いセーター、浩一兄はスーツ、三太兄は詰襟だ。

写真館ではあの映画に出てくるような、広い床の部屋に三脚が付いた大きなカメラが置いてある。壁に幕が掛かっていて、その前に椅子が並べてある。座る場所を指示される。撮影の男の人がカメラに付いている布の中に頭を入れ、撮影の用意をする。

その男の人の頭は布の中、左手にはフラッシュを持ち、右手でスウィッチの紐を持っている。

皆、緊張して硬い顔をしていたら、男の人が近くにあった何かを手に持った。

「は～い、みなさん。このお人形さんを見てくだちゃいね～」

突然、小さなぬいぐるみをカメラの前で見せながら赤ちゃん言葉を発する。

「なんで、赤ちゃん言葉？」

全員、笑いそうになるが抑える。一種の作戦？

「は～い。撮りますよ～」

フラッシュがパッと光る。ストロボのフラッシュはマグネシュウムの粉を燃やすので、変な匂いがする。乾板を取り換え、再度、写す。

笑いの絶えない椙山一家

出来上がった写真をよく見ると、父母は心なしか笑いをこらえ、浩一兄と三太兄と瑛子姉は口角が不自然に上がっている。由美姉と私は子供だったせいか素直に笑っている。

今ほど簡単に写真が撮れなかった分、写真館でのおめかしをしての家族写真はしっかり記念になった。

それにしても、母が電気コテでクルクルと巻き上げた姉妹三人のまるで「サザエさん」のような髪型は笑える。

すぎやまこういちが作曲家になったのは?

「ゲームに音楽を付けよう」がドラゴンクエストに

昭和六年、椙山家の長男として生まれた浩一《こういち》。

役人だった父は転勤が多く、そのため、兄はその度に転校をさせられていた。でも、兄は行く先々の学校で自分で手を挙げて級長になったり、合唱の指揮をしたり、どこに行っても中心にいた。

私たち兄弟は若い頃の兄を「カンタチポッポ」とあだ名を付けていた。額には青筋が立っていて、いつもピリピリしていて、まるで頭から湯気が立っている風だったからだ。そんな風貌に反して、根はやさしく、聡明なのは今も同じ。我ら兄弟の「星」で、自慢の兄に変わりはない。

三歳の頃、枕もとで聴いた祖母のクセのある英語の賛美歌が兄の音楽の原点。

四歳の時にはチンドン屋の後ろについて行き、浅草で迷子になり、大騒ぎになってしまった。母がチンドン屋に違いない、との第六感を働かせ、浅草で無事に見つけられた経験の持ち主だ。チンドン屋は当時の生演奏、すごく興味を惹かれて楽しくて夢中になって

チンドン屋で迷子

ついて行ってしまったらしい。

自分が強い興味を持つことに夢中になるのは、いまだに変わらない。興味のないことは全く頭の中に入らない脳の構造。頭のスペースは常に「音楽」と「ゲーム」のことで詰まっていて、生活上の知恵や人の噂などは入る場所はないようだ。

父母は早くから兄の音楽の才能を認めていて、小さな鍵盤のオモチャのピアノを買い与え、楽譜の読み方や音楽の基礎を教えた。

父は学生時代にマンドリンクラブに所属していたし、母はピアノやビオラも弾けたからだった。

戦後の物資不足の時代、父は家にあった反物などを住んでいた荻窪駅前のレコード店「月光社」に持ち込み、交渉の結果、ベートーベンのレコードと物々交換し、兄に与えていたらしい。この「月光社」は今も同じ場所でレコード店を営んでいて、知る人ぞ知る老舗だ。

兄はそのレコードを擦り切れるまで聴き、楽譜を頭に叩き込んだ。ピアノには挑戦はしたけれど手が動かないので諦めたようだ。

何の楽器も弾けない兄が作曲家になれたのには理由がある。

その頃でも授業料が高く、「お坊ちゃん学校」だった成蹊高校に奨学金をもらって入学したら、多くの生徒が楽器演奏はできるし、良い楽器は持っているし、すぐに音楽部を作ることができて大喜び。

当然、兄は楽器の演奏は不可能。だから作曲家、兼、指揮者。

兄が何かを作曲すると我が家に音楽部のメンバーが楽器を持って集合、すぐに演奏してくれ、作曲家への道の大いなる助けになったらしい。

最初の作曲は中学時代、教科書に載っていたカール・ブッセの詩「山のあなた」に曲を付け、ハーモニーを付けて三部合唱にして両親と歌っていたと聞く。

何故か私もこの歌は今でも覚えていて歌うことができる。

ただ、クラシック一辺倒だった兄は、十五歳の時に中学校で青島幸男氏に出会い、彼に勧められてジョージ・ガーシュインの伝記映画「アメリカ交響楽」を見て、ジャズやポップスにも興味を持つようになった。

そんな音楽一家で育った兄は、いつしか音楽家になろうと心に決めた。ピアノが弾けず音大に進めず、授業料が安いという理由から東大の理科一類に入学したが、その後心理学科に転部した。卒論はカセットデッキを持ち込んでの「青少年の年齢層に対するジャズブームの考察」で、これは東大始まって以来のことと大変な評判になったらしい。その後、少しでも音楽のそばにいようと文化放送に入社。社会人として働きながら作曲家としての才能を開花させていった。


もう一つ。

父母は最初の出会いは「麻雀屋」だったほどのゲーム好き。我が家には昔の象牙細工の麻雀に始まり、花札、将棋、碁などあらゆるゲームが揃えられていた。父母からはゲームは「人生の友」で、楽しみながら遊ぶものと教えられた。また、ルールを遵守することも厳しく躾けられた。

兄がゲームに音楽を付けたキッカケになったのは明治二十二年創業の花札の製造会社「任天堂」に遊びに行ったことらしい。

今は当たり前のゲームと音楽の合体。時代としてゲームに音楽を付ける、という発想は兄が最初だと言える。

その後、「エニックス」の将棋ソフトのアンケートにはがきを出したことから「ドラゴンクエスト」が生まれた、と兄は自著に書いている。

ドラゴンクエストは昭和六十一年に発売を開始していて、既に三十周年を迎えた。素晴らしい長い歴史だ。

さらに兄はポップスではヒットを飛ばし、また、ドラゴンクエストに到達する以前に二千曲以上のコマーシャルソングを作曲している。

あの「ハウスバーモントカレーだよ〜」もその一つ。その他、「キンチョール」、「ロッテ小梅」、「ネス・カフェ」などなど。

驚くことに東京競馬場や中山競馬場のファンファーレも作曲している。競馬ファンでもあり、カメラの収集家、ゲーム収集家、そしてグルメ。遊ぶこと、食べること、なんでも来いで、八十七歳でも現役バリバリ。

ただ、とても重要だと思うのは、兄の音楽は常にポップスとクラシックの「懸け橋」になっていることだ。

音楽の種類に仕切りはないと信じているし、百歳まで作曲を続けてもらいたいと思っている。

都知事夫人になりそこなった？

「日南ちゃん、将来、お嫁さんにしてあげるからね」

正面から私を見ながら真面目な顔をして言った。

「うん」

私は嬉しそうに答えた。

それを言ってくれた人は東京都知事にまでなってしまった「青島幸男氏」。

彼は長兄浩一の中学で机を並べていた同級生。兄がフジテレビで「おとなの漫画」という番組を制作し始めた時に、青島氏を台本作家として引きずり込んだのが真相だ。

それより前に、青島氏は時々、荻窪の家に遊びに来ていた。

彼の家にも遊びに行き、田んぼでオモチャの空気銃で遊んだのを覚えている。

彼のファッションはユニークで、昭和三十年頃で今から六十年以上も前の話、既にジーンズに鋏でわざと穴を開け穿いていた。

私の中学は杉並区立の公立学校、だから制服ではなく私服通学。

私も彼に倣ってジーンズに穴を開け、切った穴に赤いフェルトをハート型に切って貼り付けていたりした。

学校では、「椙山さん、何それ？　そんなジーンズ見たことない。変なの！」と何度もバカにされた。

「格好良いでしょ？」と言っても誰の賛同も得られず、「え〜、変だよ」と相手にされなかっただけ。でも、青島さんが大好きだった私は意に介しなかった。

指先が器用だった彼は私に木片を削ってお魚のブローチを手作りしてくれたのには、子供心に大感激。すごく大事にしていたけれど、ある日、ゴミ箱にポイッ。モチロン、理由は彼の結婚だった。

突飛な発想が得意だった青島氏。

昭和四十三年、第八回参議院議員通常選挙に全国区から立候補して二位で初当選。その時の一位は石原慎太郎氏だったが、所謂、タレント議員のパイオニア的存在だ。さらに、平成七年、参議院議員を辞職し、東京都都知事選に無所属で立候補し、百七十万票を獲得してトップ当選。

タレント、小説家、画家、脚本家、作詞家、政治家とマルチもマルチ。何をやっても取り敢えずは一流になった人。私の中では一種のヒーロー的存在だった。

その後も、街でバッタリ会うと、「オ〜、日南ちゃん。久しぶり。元気そうだね」と声を掛けてくれていた。

中学生だった私をメロメロにするトークと突飛な行動。その頃は早稲田大学の学生だったはずだが、既に人の心を掴むのは一流だったのかもしれない。

亡くなられた時は寂しかった。

先端文化の発祥の地、六本木にて

「CHIANTI」と「野獣会」

「トンさん、送ってくれてありがとう」と私。

「いえいえ、では〜」と言って帰って行ったトンさん。この短い会話だけは覚えている。

昭和三十年代の六本木はトレンドの発祥の地だった。

ファッションや雰囲気も一味違う香りを漂わせる人々、さらに、普通の街ではあまり見掛けなかった外国人も歩いていて、異国情緒も感じさせる店も多かった。その中の一つ「大中」は、当時では珍しかった中国製の商品の扇子やビーズのついた布製の靴や中国茶用の茶器セットなどなどが所狭しと並べられていた。また、ヨーロッパからの輸入で、シャープなデザインの家具や色鮮やかなキッチンウェアを売る店もあったし、本格的な上海料理で高級中華の「楼外楼《ろうがいろう》」もあった。

しかし、中でも最も象徴的存在だったのが飯倉の交差点裏にある「キャンティ（ＣＨＩＡＮＴＩ）」だ。

昭和三十五年（一九六〇年）設立のイタリアンの店。創業者は大政奉還の立役者だった後藤象二郎の孫の川添浩史と妻の梶子。日本だけでなく世界の著名人が愛する店だった。設計はあの「国立西洋美術館」を設計したスイス生まれの建築家で、フランスで活躍したル・コルビジェの最後の弟子として有名な村田豊。内装はイタリアの彫刻家エミリオ・グレコに師事した川添夫人。店内は渋くて品があり、落ち着いた内装だ。

常連客は著名人が多く、映画界からは伊丹十三、黒澤明、石原裕次郎、勝新太郎、加賀まりこ。音楽界からは坂本龍一、松任谷由実、小澤征爾。海外からはフランク・シナトラ、イブ・サンローラン、サルバドール・ダリなど。また、三島由紀夫も顧客だったそうだ。

夫の事務所がすぐ近くだったので私は、数回、行ったことがある。一度、店内で伊丹十三が全身黒ずくめの服装をして、一人で黙々と食事をしている姿を見掛けたことがある。他を寄せ付けないような堅さと鋭さを全身に纏っていたが、店にはしっくりと溶け込んでいた。店は現在も世に広く知られた人気店で素晴らしい料理を提供し続けている。

四十年前にはイタリアンのレストランが少なかった時代。

「ＣＨＩＡＮＴＩ」の際立って美味だったメニューは「スパゲッティー・バジリコ」だ。それは新しいスタイルのスパゲッティーの「走り」だった。

当時は香草のバジルはなかなか手に入らず、オーナーは自宅の庭で栽培をしたり、乾燥バジルや味が近い大葉やパセリを混ぜて工夫していたと聞く。また、その時代のスパゲッティーと言えばパックにされた柔らかでコシのないものが主流だったから、今風の少し芯が残っているアルデンテを食べた私の口中の歯は未知の味にひどく驚いたに違いない。こんな食感の麺が世の中にあるのか、と……

ただ、最近は「スパゲッティー」と呼ぶか、「パスタ」と呼ぶか、で年齢が分かるらしい。

貴方はどちらだろうか？

また、その頃、六本木には特に目立っていた一つの若者の集団があった。

「野獣会」だ。

後に「六本木野獣会」と呼ばれたが、当初は「野獣会」と呼ばれ、裕福な家庭の子女の集まりだった。

当時、フジテレビのディレクターだった浩一兄は会を作った張本人でもあり、その中でもボス的な存在だった。

初期の頃に参加していたメンバーは、歌手になった田辺靖雄、女優になった大原麗子、男優になった峰岸徹など。後には「六本木野獣会」として、小川知子、ムッシュかまやつ、井上順、中尾彬などを輩出している。

ある時、その集まりに連れて行かれた私。兄が、

「これ、俺の妹。よろしく」

と、紹介してくれた。

都立の高校生でオシャレはしていなく、化粧っ気もない。言ってみれば全身、どんクサイ。

「こんにちは〜。よろしくお願いします」

挨拶はしたものの恥ずかしくて、隅っこで小さくなっていた。

全員で和室の部屋で車座に座って、Face to Faceでテレビや舞台の情報交換をしながら楽しそうに話していた。

真っ白なワンピースを着て派手目なアクセサリーを付けたタレント風な若い女性、英字が描かれたTシャツを着た俳優風の男性、アメリカ映画に出てくるような彫りの深い美形の若い男の子。皆、ティーンエイジャーか二十代の前半に見えたが、その様子は驚くほど輝いていて、一般人と比べると図抜けてあか抜けしていたと思う。

数時間が過ぎ、お開きになった時、兄がその若い美形の男の子に、

「おい、トン。俺の妹をお前の車で荻窪まで送って行ってくれないか？」

と頼む。その男の子は
「はい。良いですよ～」

と気軽に承諾してくれた。

彼は後に有名俳優になった「峰岸徹」だった。

峰岸徹はアメリカの伝説的男優の和製ジェームス・ディーンと言われた赤木圭一郎の「生き写し」と騒がれたほど、甘く、そして精悍な顔立ちだった。

本名は「峰岸和夫《みねぎしともお》」で、周りからは「トン」の愛称で呼ばれていた。その彼に車で送ってもらったから、私は舞い上がってしまって、何を話したか、よく覚えていない。覚えているのは文頭に書いた挨拶と優しかったという印象だけ。車は確か、その頃では珍しかっ

たモーリス・ミニクーパーだったような気がする。

それにしても兄はその時、全身どんクサイ私をよく「野獣会」に連れて行ったものだ、と感心している。

一回だけの「野獣会」参加だった！

やっぱり私にとってはスープカレーの元祖？

高校三年生の時、今から五十七年も前にスープカレーを初めて食べた。

出てきたカレーを見た時は、あまりにも衝撃的だったのでよく覚えている。

小さな器に少量の濃い黄色に近い茶色の液体が入っていて、その中に鶏肉の手羽元が二本入っていた。おまけに真っ赤なフルの形の唐辛子も浮いている。香りも嗅いだ経験のないものだ。付いてきたライスがまた黄色い。

「な〜にこれ？」

浩一兄はニヤニヤしている。予想通りの私の反応に喜んでいるのだ。

「まぁ、いいから食べてごらん」

ためらっている私に勧める。一口食べてまた、仰天する。辛い！　信じられないくらい辛い。

「お兄ちゃ〜ん。スッゴク辛い！」

口の中で火の玉が燃えて暴れているようだ。そんな私の驚く様に、兄はまた、嬉しそうに笑っている。

「これが本当のカレーだよ」

とのたまう兄。今だったら完全にドヤ顔だ。

それは現在ではどこでも食べられる種類のカレーだった。

でも、昭和三十年代ではカレーはカレーライスで、カレールウを使ったコネコネのドロッとしたカレーが一般的なカレーで、これが日本のカレーライスだった。

それ以外のカレーがあることを想像するのは困難だったし、発想もなかったからびっくり仰天。このカレーを食べた店は昔は九段の暁星高校の横にあった「AJANTA」だ。経営は勿論、インドの方。

「AJANTA」は昭和三十六年創業の南インドの本格派カレーの店。一時は多くの支店も出したが、今は旧日本テレビの隣にある麹町店一店となっている。銀座にはもう少し旧いインド料理店の「ナイルレストラン」もあるが、私はどうしても「AJANTA」派は変わらない。

カレーのスパイスの基本は「ターメリック・クミン・コリアンダー・レッドペッパー」の四種。ただ、これは基本中の基本。本格的には十二種くらいは使いたい。

ある時、「ＡＪＡＮＴＡ」で「どんなスパイスを使っているのですか？」と聞いたことがある。あっさりと「お教えできません」とかわされた。

聞いた私がアホだった！

その他、兄は六本木の「鶏煮込み麺」を食べさせてくれたり、「小川軒」のフランス料理に連れて行ってくれたり、私の「食」の恩師だ。

今まで数えきれないほどのカレーを試したが、私は未だに「ＡＪＡＮＴＡ」のカレーが世界で一番好きなのだ。若い時代の嗜好性が抜け切れていないのかもしれない。

ただ、美味しい店があると聞けば、どこにでも行ってしまう家系。父母から受け継いだ「血」が騒ぐためらしい。「花より団子」！

一万局に一回の確率

中学生の時に父から麻雀を教わった。

父は「麻雀連盟」五段の有段者だったので、ルールも丁寧に説明してくれていた。さらにマナーも厳しく躾けられた。前の人より先にしようとすると、パシッと手を叩かれた。

「麻雀は緻密に計算された高度な確率のゲーム」というのが父の持論。

大正時代には「紳士のたしなみ」とされていたし、決して賭けではなく、名誉獲得の勝負でもあった。

この確率の意味合いは、出来易い「手」は点数は低く、出来難い「手」は点数が高いように正確に設定されているのが理由。その点でも、長年、麻雀に親しんでいる私でも、自分で作れたこともなく、他のプレーヤーがあがったのも見たこともない「手」が二つある。

一つ目は「天和《てんほう》」、二つ目は「大四喜《だいすうし》」だ。

当時のルールは現在のそれとはかけ離れていて、ベーシックで「運」ではなく、「腕」

が重要な要素で、渋く正確なものだった。

麻雀は世界三大ゲームの一つであるコントラクト・ブリッジとは違って、一人対三人の勝負だから孤立無援。そのための訓練が重要だ。

また、相手に気を使いマナーも重要なゲームの一つだ。


由美姉は中学校では「卑弥呼」と呼ばれ、周りから一目置かれる存在だったことは前にも述べた。

しかし、担任の教師は姉の聡明さを認め、とても可愛がっていた。かつての学校では「家庭訪問」があり、教師が順番に生徒の家庭を訪問し、一時間前後、親と面談をしていた。我が家はいつもその順番の一番最後。

先生は母とのまじめな面談が終わると、正座を崩し、コタツの前に座り「では、お願いします」と頭を下げる。

母は心得たように、四角いコタツ台の上に麻雀牌を並べる。つまり、先生は面談の後の麻雀を楽しみにして来ているのだった。

その先生、実はそれほど麻雀は上手ではない。どちらかと言えば「初心者」の部類に入る。

その先生がプレー中、「ロン、こんな手でも上がれますか？」と言って、広げて見せた「手」は、「大四喜」。

周りは「え〜、先生。ウソ！」と驚愕の表情、先生は「上がれるのですね」と事の大きさが分からず、笑いもせずに淡々としていたのがその場の図式だった。

中学生だった私はその時から約六十年、これだけ麻雀に親しんできたのに、以来、見たことも自分が作ったこともない「手」だった。

この「大四喜」が出来る確率は、ネットで調べてみたら一万分の一らしい。つまり、一万局プレーすれば、出来る確率に到達するということだ。

この先生の「大四喜」は、所謂、「ビギナーズ・ラック」だったのだろう。


この際、一万分の一の確率を考えてみる。

例えば、一回／月、七局／回の割合でプレーすると仮定する。七局×十二月で八十四局／年プレーと仮定すると、十年で八百四十局となる。私のように六十年間続けていても、まだまだ、五千二百四十局だ。したがって、私はこの割合で行くと、このまま五十七年続けないと一万局には達しない計算となる。

結局、生前中には「大四喜」は無理？

ただ、あくまでも確率だから、いつ出来るか予測は不可能。

次回、麻雀をプレーしたら、突然、出来るかもしれない！

さらに、もう一つの「天和」はもし出来たら悪いことが起きる、とも言われている「手」だが、お陰様でまだ出現の経験はない。

昭和五十九年制作の映画「麻雀放浪記」、阿佐田哲也原作、和田誠監督のデビュー作に、この「天和」についての場面が出てくる。

「天和」の出現の確率は三十三万分の一らしく、そのことがこの秀逸な映画の中でも面白可笑しく語られている。


昭和二十年代の終わりの話。家庭訪問後にゲームとしての麻雀を楽しんでいた中学校の先生。現代ではとても許されることではないけれど、その頃は周りの人々も温かく見守っていたし、何か柔らかく、「イイ加減で、ヨイ塩梅」だった気がする。

猫は「宇宙軸」を持っている？

椙山家は猫二匹、犬一匹を飼っていた。

名前は猫は「ミコとポンコ」、犬は「チロ」。「ミコ」は聡明、「ポンコ」はネズミも捕まえられない、まるまるのお馬鹿さん。「チロ」は犬だけに従順。

春は多くの動物にとって本能に従うデートの季節。

ミコも例外ではない。まず、鳴き声が変わる。「グワ〜〜〜」と語尾が長くなり、いつもと違う声を出す。

デートのお相手は毎年、黒と白のブチ猫と決まっている。太っていて、身体がデカく、イケメンではない。が、迫力はある。人間で言うと、大股で公道をドスンドスンと歩くボス風。

ミコは美形なのに「何で？」と子供心に「蓼食《たで》う虫も好き好き」を学んだ。

でも、二匹は仲良さそうに隣家との細い塀の上を歩き回ったりする。昔は外で自由恋愛が普通。ミコが先頭で威張ったように歩き、そのボス風は後ろに控えていた。

そして、数週間後、ミコは必然的にお腹が大きくなり、二ヶ月後くらいに四～五匹の子猫を生む。

その父親と思われるボス風は出産を手伝うわけでもないし、寄ってもこない。どうやら猫の世界では家庭生活は存在しないらしい。人間社会なら訴訟ものだ。父親不在で、私が祖母代わり。出産寸前まで、お腹を擦ってあげていた。

生まれた子猫も貴重な三毛猫はいなく、尻尾も曲がっていて美形が少なかった。

でも、眼が見えない子猫が母乳を飲む姿はすごく可愛かったし、貰われていく時はとても寂しかった。


実はミコは普段はネズミ捕りの技に優れたミラクルキャット。

家の天井で「ガタッ」とチョットでも音がしようものなら、頭を上げ、天井をキッと睨む。瞬間、椅子に飛び乗り、次に戸棚へと駆け上がり、天井に開けられた穴から中に消える。「バタバタッ」と天井裏で追いかけっこが始まり、その後、「キューーッ！」とネズミの瀕死の鳴き声が聞こえ、静かになる。

最初の「ガタッ」から三分後には、今で言う「ドヤ顔」のミコが血まみれのネズミを口にくわえて降りてくる。

「偉い！」と褒めてあげるのが椙山家の流儀。褒められたミコは嬉しそうに、「ニャー」と答える。

すると、青息吐息のネズミが畳の上にドサッと落ちる。

私はそれがとても嫌だった。でも、母は慣れた手つきでネズミを摘んで、庭に埋めに行く。猫は偉いが、母も偉い。


ミコは聡明で、さらに神秘的な猫だった。雨の日は外が見える三角形の窓に細身の姿で、長い尻尾を足の横に巻き付け、スックと座って、何時間も雨が落ちてくるのを眺めていた。何を考えていたのだろうか？

ある秋の日、父の仕事の関係で中央線荻窪駅の南側から北側に引っ越した。車で約二十分の距離。

家財道具とは別に、動物達は段ボール箱に入れて自転車で移動。無事に新居での生活が始まった。二、三日後、ミコが見当たらない。

「ミコ〜」と呼んでも出てこない。あれれ？　突然、消えたのだ。

近所を探し回ってもいない。家族は凄く可愛がっていただけに悲しみに沈んでいた。

三日くらいして、以前住んでいた家のお隣さんが、「ミコを近所で見かけた」と知らせてくれた。「猫は帰巣本能がある」とは言われているが、どうやって引っ越し前の家に？

勿論、母と探しに行ったが、見つからず。

ところが一週間後の夕方、一匹のうす汚い猫がフラフラしながら庭に入ってきた。じーっと見るとそれはミコだった。骨と皮の状態で、ドロドロになって。

「ミコ〜」と叫ぶと一声、かすれた声で、「ニャ〜」と返事。

涙が溢れ出て止まらなかった。

しっかり抱きしめて頭と背中を撫ぜると、ゴツゴツした骨が手に当たる。きっと、一週間、何も食べていなかったのだろう。

涙ながらにすぐに、ミコの大好きなジャコの味噌汁かけご飯を食べさせ、膝に抱いた。

「よしよし、よく帰ってきたね」と言うと、ミコはゴロゴロ喉を鳴らして眼を閉じて安心したように寝てしまった。

猫の帰巣本能は本当だったし、道しるべもなしに戻ってくるのは、もしかしたら猫は独特な「宇宙軸」を持っているのかもしれない！

金魚のフンの如く

猛暑の夏の日、椙山家の庭には直径二十cmもありそうな大輪のひまわりの花が庭の片隅を賑わしていた。

夏の日の真っ黄色のひまわりは美しい。母の丹精の結果だ。

母はその中の一番大きな花を切り、居間のテーブルの上に花瓶を置き、花を飾った。父に見せるためだ。遅く帰った父の夕食の支度をし、座って新聞を読む父に「はい、できましたよ」と食事を促す。父は新聞を置き、夕食を食べ始めた。

母はその日、珍しく美容院に行き、パーマをかけ、いつもと違う雰囲気。クルクルと巻いた髪の毛がフワッとしている。薄化粧もして、普段より若やいで見える。母が新聞を読んでいる父に問いかける。

「ねぇ、綺麗でしょ?」

父は母の顔を見て、すぐにひまわりの花に眼を移し

「うん、黄色が綺麗だね」

瞬間、母の顔がひきつった。

「ひまわりじゃなくて、ワ・タ・シ！」

かなりの勢いで怒り、「プン！」と横を向いてしまった。

それから父は仕事から戻ると、母の行くところの台所や居間など、まるで、「金魚のフン」の如く、後ろについて回り
「・タコ〜（ツが聞こえない）。ごめん、ごめん。綺麗だよ！」

と言い続けた。二日間、父と口を聞かなかった母が三日目にやっと父を許し、父の「ごめん！」に「良いわよ」と返事をした。

一件落着。

普段、炊事、洗濯、掃除を目まぐるしく働いて、お洒落もしない母の「女の部分」を見た気がした。

父を愛していたんだなぁ〜。


女性の性について、江戸時代の有名な逸話がある。

判官だった大岡越前が不貞を働いた男女の取り調べで、女性からの誘いにのってしまったとの男の釈明に納得がいかず、自分の母に「女性はいくつまで性行為が可能か?」と聞いてみた。かの有名な返答がこれ。

大岡越前の母は、下を向いて火鉢の灰をかき混ぜながら

「灰になるまで女は女」

と言ったそうな……

女性の「業《ごう》」のようなものを端的に表現している素晴らしい言い回し。恐れ入って頭が下がる。

恐れ入谷《いりや》の鬼子母神《きしぼじん》!

父と母のラブラブ

やるね～、母は！

「ドーン！」、対向車のバンパーに、乗っていた車の右前がぶつかった。

一家五人で旅行に出発して数時間後、立川あたりに差し掛かった時だった。運転をしていた三太兄は向こうから来た車を避け損ない、前輪のバンパーを相手の車にぶつけてしまった。

兄は茫然として固まっている。

父は「大丈夫だから」と言って安心させていた。

向き合った車から降りて来た人は中年の金髪鼻高の白人男性。

「え～、日本人じゃない！」。驚いた。

その頃、住んでいた荻窪近辺で外国人を見た記憶は皆無だったから。

車の中には奥さんや娘さんらしき人も乗っていて、家族連れだった。

英語を話せた父は、

「We are very sorry.」と謝る。

息子が免許を取ったばかりでこれから旅行に行くと説明をしたらしい。

こちらの車のバンパーが凹んだが、相手車はアメ車のバカでかい車。ほんの少しだけだが傷は付いている。

でも、その白人男性はニコニコ顔。

「Okay. Don't mind.」とか、きっと、そのようなことを言っていたのだと思う。

「Good Bye!」と手を振りあって別れた後、父は彼が「旅行を楽しんでね」と言ってたよ、と私達に告げてくれた。

私は勿論、その時は英語なんて理解不能。

でも、「これが外国人なんだ。怒らないんだ」「笑ってる。やはり、笑うんだ」、みたいな変な意外性があった。


昭和三十七年、椙山家で初めての車が届いた。明るいブルーのゴツイ旧型の中古トヨタクラウンだ。母の大英断で、医者の許可をもらい、父母と下の兄妹三人で家族旅行を決行した。実は父は末期の胃癌で〝余命何ヶ月〟と宣言されていたのだ。

次兄の三太が運転免許証を取って数日後の出発だった。浩一兄と由美姉は既に結婚をしていて、参加はなし。行き先は父が厚生省時代に赴任していた名古屋だったと思う。ブルーのクラウンは兄の運転で一家五人を乗せて荻窪の家から順調に走り出した。旧青梅街道を甲府方面に向かって走り続けた。そして、前述の事故。忘れられないショックだった。

豊橋市には途中立ち寄り、夜遅く着いた。

急な出発だったし、今のようにネットで予約なんて時代ではなかったから、泊まるところは、どこももう閉まっている。

すると母が車を降りてスタスタと歩いてどこかに消えてしまった。

数分後、「安くて全員泊まれるところを見つけた」と言いながら戻ってきた。

車を停めてゾロゾロと付いて行くと、数階建てのビルの入り口奥の上がり框《かまち》に中年の男の人が仁王立ちに立って、気難しい顔で迎えてくれた。

その人は「家族ねぇ〜」と言って私達を見回し、「まぁ、良いでしょう」風なことを面倒臭そうに呟いていた。

私は暗くて変な家だな、とは思ったけれど、眠くて、眠くて、ぐっすりと寝た。

次の日の朝、別部屋に用意された大きな食卓の上にはご飯と海苔とみそ汁。それと、醤油味のきつい魚の煮付け。部屋のことは全然覚えていないのに、不思議に鰺らしき魚の味だけは脳に刻み込まれている。

食後、無事出発。名古屋では父母は旧交を温めたのだ。

旅行から戻った父は「癌研」に入院し、その後、二度と家に戻る日は来なかった。

母は分かっていて、最後の家族旅行を決断したのだろう。

そして、数年後、やっと理解した。宿泊したところの男の人の「家族ねぇ」の言葉の意味を。あれは今では「ラブホテル」、昔で言う「連れ込み旅館」だったのだ。


やるねぇ、母は！

「ぶつけられたのに怒らないんだ…」「笑うんだ…」

五十五年は待てなかった

父はお酒類は一切飲まなかった。ただ、ひたすら食べる口。大食漢で、肉類大好き。最も好きだったのは「すき焼き」。さらに甘党で特に餡こが入ったドラ焼き。

記憶の中では青梅街道と環八の角に老舗風の「宝来屋」という和菓子屋があって、そこのドラ焼きが大好物だった。ドラ焼きには勿論、緑茶。

緑茶は猛烈に熱いお茶しか飲まない。ぬるいと機嫌が悪くなり、「・タコ（蔦子）～、熱いのを……」と母をすぐ呼んで入れ替えさせる。

そして、おまけに野菜嫌いで、筋金入りの「チェーンスモーカー」。前のタバコが消えていないうちに次のタバコに火を付けるほど。今だったらメタボで、おまけに不健康な食事の見本のようなもの。

でも、その頃、家族はなんの疑問も持たなかった。

五十一歳の時、胃の不快感から心配した父は、昭和三十年代のガン検査「松原式」というのがあったので受けに行った。数日後、結果を聞きに行き帰ってきた父は、台所にいた母に静かな声で報告していた。

「心配ないよ。陰性だったよ」と告げていた。

横で聞いていた私は高校一年生だったが、「良かった！」と本当に嬉しかった。母もホッと胸を撫で下ろしたのだろう、「良かったわね」と料理の手を止めずにゆっくり答えていた。

でも、実はこれは大きな間違いだったのだ。再度の検査でいくつかの「胃癌」が見つかった。

ただ、兄と母の相談の結果、父には「胃潰瘍だったよ」と話した。

その当時は胃癌＝死の宣告だったから……

まず、以前、防衛庁に在籍していた父はその関係の病院で手術をした。

医者は父に「潰瘍は全て手術して取り除きましたから、心配ありませんよ。ゆっくり養生して下さい」と話したそうだ。父も疑問を持っていたとは思うが、一応は納得した。

そして、医者は私たちには「いくつかの胃癌がありました。ただ、全て手術して取り除きましたから、再発の可能性は少ないですよ」と告げた。

家族全員安心した。

でも、わずか一年で再発。

もう、隠せない。

薬学部出身の父は、治療のための薬を見れば、瞬時に分かってしまう。ついに「胃癌」であることを告げた。父は覚悟はしていたのかもしれない。静かに頷いていたらしい。

この後、約二年間に及ぶ父の胃癌との戦いが始まる。

再度、手術。

中央線大塚駅にある癌の専門病院である「がん研究所」にも入院し、放射線治療もした。

しかし、当時の最新の治療の効果もなく思いがけない早さで弱っていった。

その頃の我が家の家の玄関には上がり框《かまち》があり、出掛ける時は框に座り靴を履く。

下駄箱の横には釘が一本打ってあり、そこには木製の長い靴ベラが下げてあった。それは父専用であり、他の者は使わなかった。

一メートル超えのウェストを持つ父はお腹が邪魔をして下を向けず靴ベラが必要だったからだ。私は家にいる時は父の出勤時にはいつも、「はい！」と一種の儀式のように靴ベラを渡していた。

父は「ありがとう」と嬉しそうに受け取って靴を履いて、母と私に「行ってくるよ」と出勤していた。

しかし、再発後は副作用で、辛そうで、食欲も減退し、日に日に痩せていった。あんなに大食漢だった父が食べられない。無理に食べようとしても食べられない。

家族の前で心配させまいとして、「今日はちょっと、食欲ないなぁ～」などと言いながら食べようとするが、ほとんど残す。体重も五十キロを割っていたと思う。父は屈んでも、もう、お腹がつっかえない。もう、靴ベラは必要がない。靴ベラが不必要となってしまった父を見るのが辛かった。

でも、父は変わらず靴ベラを受け取ってくれ「ありがとう」の言葉があった。

学校が池袋だったので、昭和九年に開設の大塚の「がん研究所」は一駅で行き易かった。

私が大学一年の冬の寒い日、病室に入ると父はベッドの白いシーツの上に胡坐《あぐら》をかいて座っていた。

背中を丸めて、生気がなく、どす黒くなった顔で、それでも微笑みながら「心理学は面白いか？　ドイツ語を勉強しているか？」と学校の様子を聞いてくれた。

「ドイツ語は難しくて大変なの」と答えると、父は十八番《おはこ》だったシューベルトの歌曲で、ゲーテが詞を付けた「野バラ」をドイツ語で歌ってくれた。いつもは立ち上がって朗々と歌う声はか細かった。


次の日の夜遅く、家族が呼ばれた。父の意識はもう、なかった。数時間後、ベッドの周りに家族が集められ、医者が「ご臨終です」と告げた。そして、父は静かに息を引き取った。寂しくて悲しかった。声を発するものは誰もいなかった。

父が癌になってからいつも言っていた言葉は、「一日でも長く生きれば、必ず、癌を征服する新薬ができる可能性がある。だから、もう少し、頑張る」だった。

薬学部卒業の父らしい言葉だったが、あれから五十五年経った今でも癌との戦いは完全には終わっていない。

でも、五十四歳で逝った父は「決して諦めない精神」を家族それぞれにしっかりと残していってくれた、と私は信じている。

ドイツ語の「野バラ」

第二部

荻窪がラーメンの聖地になった

「へい、お待ち〜！」

と、「丸仁」のロゴ入りの岡持ちを下げたオジサン。

ガラッとガラス戸を開けて奥に声を掛ける。荻窪駅前からの出前だ。

おじさんが岡持ちをドンッと玄関の板の間に置き、蓋をスライドさせる。中は三段になっていて、一段に二個ずつ六個のラーメンが並んでいる。ラーメンの醤油スープの香りと茹でた麺の匂いが漂ってくる。

お腹が「グ〜」と鳴る。

「待ってました〜」

と順番に居間の人達がラーメンを受け取る。

昭和の中期はラーメンも寿司も、出前全盛。街には岡持ちを下げた自転車やバイクが走り回っていた。

ラーメンの丼には、煉瓦色の塗りがところどころ剥げた木の蓋が被せてある。食品用ラップなどなかった時代。汁はバイクの揺れで蓋の隙間からこぼれて減っている。麺も少しのびている。でも、麺とスープの上には支那竹、ネギ、煮込んだ挽肉（チャーシューではなく）が載っている。

さらに、醤油色した「味付け卵」が存在感を主張している。そのはずだ。この「味付け卵」、中央線荻窪駅の中華そば屋「丸仁（漢珍亭）」の伝説的な逸品で、所謂、「味付け卵」の元祖。

S＆Bの四角い瓶入りの白コショーも欠かせない。

蓮華も小さく、柄がスルッとしているから、いつも麺の中に埋没していた。

「丸仁」は、荻窪駅のすぐ横のビルの二階にあり、昭和二十二年（一九四七年）にスタート。台湾人の眼が大きくギョロッとした小太りの女性が訛った日本語で、「いらっしゃい！　何にする？」との対応。

ぶっきらぼうでまるで怒られているみたいだ。

だから、ついつい、「すみません。ラーメンを」と謝りながら注文する。

でも、本当は親切なおばさんで、遠い出前も絶対に断らなかった。

昭和五十六年に「漢珍亭」に名前を変更し、平成二十五年に閉店するまで六十六年間有名店として名を馳せていた。誰でも納得する「荻窪ラーメン」の代表格のお店で、元祖の「味付け玉子」は、完全ボイルの卵をラーメンのタレの中に漬け込んで作っていたらしい。また、チャーシューでなく、挽肉の煮込みも味わい深かった。

その後、青梅街道沿いに「春木屋」が昭和二十六年に誕生する。

漢珍亭が「鳥と豚ガラ」のみの味なら、春木屋は徹底して「煮干し味」を追求している。「春木屋」を知ったのはずっと後になってから、私が高校生になってからだ。その頃は週に一度は通っていた。

先代の見るからに頑固そうな親父さんの名言。

「よくお客さんが、昔の味と一緒だね〜、と言われるが、それは大間違い。どんどん、材料の質を上げて美味しくしていかないとその時々で美味しくは感じない」

その理論で考えると、現在のラーメンの原価はとても高いに違いない。

なぜ、出前のラーメンか?

麻雀をやっていると猛烈にお腹が空く。

「お腹空いたなぁ〜」と誰かが言い出す。当時、客人を饗す豪華な出前は選択の余地がなく寿司かすき焼き。庶民の出前は安いラーメンか蕎麦と相場が決まっていた。昭和四十年代、ラーメンは五十円くらい、寿司は六倍の三百円ほどだった。

今では多くの人が知っている「荻窪ラーメン」、一九六〇〜一九七〇年代にかけて、荻窪は「ラーメンの聖地」になった。

昭和六十年に公開された伊丹十三監督のコメディー映画「タンポポ」は荻窪の売れないラーメン屋の物語だ。

アメリカでも公開され、邦画部門の上位にランキングされたと言う。

駅前に始まり、青梅街道沿い、そして、路地にも有名店が並ぶ。味は様々で、それぞれの店にファンがいる。つまり、椙山一家揃ってのラーメン好きは、荻窪の地でだからこそなのだ。

ただ、中華でもない、和食でもない、日本独特なラーメンが、これほどの大物になろうとは。

誰も、予想だにしなかった。

ラーメンの聖地、荻窪

気を付けて練習して下さい

「お兄ちゃん、運転教えて～」と私が頼むと

「分かった。練習しよう」と気軽に請け合ってくれた。

昭和四十三年には十六歳で軽自動車の運転免許が取れる法律だった。私は早く運転したくて、十五歳でウズウズして待っていたのに、急に十六歳が十八歳に変更になって肩透かしの感。

十八歳になって二ヶ月後、実地免除ではない練習所に通い始めた。練習所の方が教習料が半額以下だったからだ。練習所も初級から上級までのコースがあり、全て終了すると教官から運転免許試験場で受験の許可が出る。ただ、全てのコースを受けると高額になるので、教官には告げず密かに終了前に小金井市の免許試験場に法規、構造、実地の試験を受けに行った。

府中にある試験場は受験者で溢れかえっていた。その日の受験者の人数は約四百名。女性はいない。男性ばかりだ。

まず、法規と構造のテスト。

昔の車の構造は簡単だったので、解説書で何とか覚えた。

「車ってこのようにして動くのだ」

私でも理解できる構造だった。現在では構造を考える必要はないし、覚えるには複雑過ぎる。

法規について言えば、後年、アメリカで運転免許のテストを受けた時と随分違いがある。アメリカの問題群は、非常にストレート、ひねってあって、考え込むような問題は全くなかった。法規を知っていれば、必ず答えられた。

日本の問題は非ストレート。「これは法規のテストでなく、国語の理解力のテストだ！」と思った記憶がある。

午後になり二つの試験に合格すると、広い模擬の道路で次の実地の試験が待っていた。

実地試験用のマニュアル車に乗ると試験官が

「はい、走って」

と、全く温かみが感じられない声で命令風に言い、顔も見ない。

私は冷静さを失わないように、と思いながらクラッチとアクセルを合わせてスタートした。

スタートは順調だった。試験官は横に座って、黙って運転の仕方を眺め、黙々と用紙に書き込んでいく。

しかし、私は緊張の極みで、まず、車庫入れを失敗。長方形の枠に斜めに駐車し、何度も前後してやっとまともにまっすぐ駐車した。余計に緊張したせいか、次には脱輪。試験官は表情を変えることもなく、

「はい、もう一度」

と再操作を促す。その他の技術は見事にクリアした。

でも、もう、落ちたと観念する。

長い時間待たされた後、発表。意外にも受かっていた！

事実は四百名受けていた人の中で、女性はたったの五人だけで、何故か全員合格していた。男性は半分は不合格だったと思う。一・二五％の少数派のメリットだった。

私の場合、もう一つ、冒頭のような裏技があったのだ。

夜中に三太兄に横に乗ってもらい、荻窪の裏道で無免許で運転の練習をしていたのだ。違法だったがその頃ではそれほど珍しいことではなかった。

ある夜、夜中の一時頃、まだ、荻窪の北側の畑が残っているような田舎道で兄と練習を開始した。

マニュアル車だからクラッチとアクセルを合わせるのも簡単ではない。走っては止まり、止まっては走り。一生懸命に練習をしていると、怪しいと思ったのか、巡回中のお巡りさんに呼び止められた。兄が窓を開けると
「フラフラと走っていますが、大丈夫ですか？」

開けた窓に首を突っ込むようにして中を覗く。順番に顔を見る。さりげなく値踏みをしているようだ。

兄は快活に返事をする。

「いやぁ、実は妹の運転の練習を見てやってるのですよ。ご心配かけてすみません」

兄と私はドキドキドキドキ。

「どうしよう。捕まるかな？」

黙って待つ。

お巡りさんは一瞬、考えていたが、怪しげとは思わなかったらしい。

「そうですか。気を付けて練習して下さい」

と言い残し、自転車で走り去った。後姿に温かみがあったような気がした。

それにしても悠長な日々だった！

満タンですよ〜

次男の三太兄が大学四年生の時、自力でオンボロの日野ルノーを買った。本当にオンボロだった。色は元は赤色だったのだろうけれど、もう、赤茶けていて、艶がなく煤《すす》けた感じだ。

ルノー・4WCはフランスのルノーが昭和二十一年から十五年間製造していたフランス初のミリオンセラー乗用車だ。日本では昭和二十八年に日本の日野自動車がライセンス契約し、昭和三十八年まで生産を続けていて、特に国内ではタクシーに好んで使われていた。街中では屋根の上にタクシーのマークを付けたルノーが走り回っていた。世間ではその恰好から「亀の子タクシー」と呼ばれ、とても親しまれていた。

軽量に作られているせいか、兄のルノーも車体を指で押すと面白いようにペコッと凹む。また、イグニッションキーなどなく、車体の床から細い穴の開いた棒が出ていて、それがスターターになっていて、引っ張り上げてエンジンを開始させる。勿論、マニュアル車は今は特殊な車だけに採用されているが、当時はマニュアル車しかない。運転は難しいし、すぐにエンストする。

また、スターターでもエンジンが掛からない時はエンジン側の穴にかぎ型のクランク棒を差し込み、グルグル回してエンジンを掛ける。

女性の力だとこれは辛い作業。でも、私がクランク棒を渾身の力を込めて回していると、必ず通りすがりの男性が

「お嬢さん、お手伝いしましょうか？」

と話しかけてくる。現在ではあり得ないコミュニケーションだが、汗をかきながらクランク棒をぐるぐると回し、エンジンをスタートしてくれる。

若さの特権だった！

エンジンはリアエンジンで車体の後ろに仕舞われていて、水冷だから水を入れる注入口とガソリンの注入口が斜めに並んで付いていた。

昭和三十六年、十八歳になった私はすぐに運転免許を取得した。運転が好きでなるべく早く運転したかったからだ。嬉しくて意気揚々と道路を飛ばしていた。

「あッ、オンナが運転してる！」

その頃、女性で運転するのは非常に稀で、運転していると道行く人から珍し気に見られていた。

ある日、友達を送っての帰り、ガソリンが少なくなったので近所のスタンドに寄って給油をした。

「満タンにしてね」

若いスタンドのお兄さんに頼んだ。後ろに回ったスタンドのお兄さんがキャップを開けて給油しているのが見えた。するとお兄さんが
「お客さん、既に満タンですよ。また、お願いします」

と言い残し、店内に入って行ってしまった。

「変だな〜。タンクは空っぽに近いはずなのに」

納得できないまま、友達を送ってから帰途についた。

家の近くまで来た。二車線ある青梅街道の左側を走っていると道行く人が私に向かって何か叫んでいる。

「やはり、珍しいから見てるのだ」

なんて思いながら気分良くそのまま走った。

とんでもない思い違いだった！

皆、私を見ているのではなく、指で私の車の後ろを指さしている。何かが異常だった。

驚愕の表情で後ろを指さすので
「あれッ、何？」

怪訝に思って小さなバックミラーを覗くと鏡の中には街の景色は全くない。

「モクモク、モクモク」

後ろのエンジン付近から灰色の煙が出ている。

「ええぇ～。なんだ、これは？」

と急いで車を停めて降りると、リアエンジンの蓋の隙間から灰色の煙が吹き上がってきている。茫然自失！

「車が火事だ～」

まず、道の横の電気屋の店主が飛んで来てくれて、店の奥に向かって、

「お～い。毛布を持って来～い。急げ！」

と叫んだ。店の奥から奥さんらしき人が毛布を持って走り出てきた。隣の家具屋さんの

お兄さんも毛布を持って来てくれている。二人はエンジンのカバーを開けて燃えているホースを毛布でバタバタと叩きだし、火の元を消し止めてくれた。

この騒ぎで観客の輪ができてしまっていた。とても恥ずかしく、観客に向かって「お騒がせしました」と頭を下げた。

店の電話を借りて家に電話をすると、兄は驚いてすっ飛んで来た。

「お陰様で、大事にならずに良かったです」

と、消してくれた二人にお礼を言う。

「良かった。良かった」と一緒に喜んでくれた。

温かくて優しい。

そして、「満タンですよ」と言ったガソリンスタンドまでギヤをニュートラルに入れ車を運んだ。軽量なので二人で充分、押して行けたのが面白い。

改めて火事の原因を探ると、若い店員がガソリンの注入口と水の注入口を取り違えて、水用のキャップを開けてガソリンを入れてしまっていたのが原因だと分かった。

夢にも思わなかったが、だから、「満タンですよ〜」だったのだ。

ガソリンのキャップは右横にあり、水冷のキャップはエンブレムを回すのだった。間違えやすい設計上だったかもしれない。

さらにキャップの締め方が緩かったせいか、ガソリンがこぼれ出て、それが布製のホースに沁み込み引火したのだった。気が付かなかった私も悪かったのだが、兄はとても怒ってクレームしたので、スタンドの店長と店員は平謝り。最終的にホースの交換だけで済んだが、勿論、修理代はスタンド持ちだった。

それにしても今では布製のホースなんて考えられない。ただ、ガソリンタンクが空っぽに近かったのと、青梅街道で人通りが多かったのが幸いしたのだ。

ガソリンタンクに引火をしていたら大惨事。

危機一髪、危なかった！


ルノーの話をもう一つ。

ある秋の日、兄の友達のロクちゃんを南荻窪の家まで送ることになった。実はロクちゃんは百キロ超えの巨漢だ。兄が駐車場から家の前にルノーを持ってきて待っている。まず、私が乗り込み、ロクちゃんが「お願いします」と大きな身体を屈めて乗り込もうとする。

右足から踏み入れ、体重を掛けた途端、「ドスッ！」と聞きなれない異様な音がした。

いる。

兄と私が不思議に思って見ると、ロクちゃんの右足が半分、車の床に埋まってしまっている。

床が抜けたのだ！

ロクちゃんの右足は半分が車内で、半分は車体の下で、車高が低かったから踵は道路に着いてしまっている。床が破けて大きな穴ができていた。

ロクちゃんは
「ごめん。僕が重いから」

大きな身体を小さくして必死で謝る。

「大丈夫、大丈夫、オンボロだからだよ。怪我がなくて良かったよ」と兄。

「気にしないで。走れるから」私もなぐさめる。

兄には修理代はなく、結局、近所の材木屋さんに行き、材木の切れ端をもらい、穴を塞いだだけ。だからスピードを出せば出すほどビュービューと床から斜めに風が侵入する。

床の穴に板を敷いて走る車なんて世の中にそうはない。ただ、車の機能としては充分満たしていたから、兄と私はそのまま東京中を走り回った。暖房も効かなかったし、真冬は本当に寒かった！

でも、このオンボロ日野ルノーへの愛着はひとしおだった。

後ろを見ろ～！

俺の実家に来るか？

「住むところ探してるんですが」と、良三が言う。
「俺の実家、荻窪の下宿屋。来るか？」と、浩一兄が聞く。
おおむね男性の会話は女性のそれと比較すると短い。
さらに即決が多い。良三の「はい。よろしく」で決まった。
浩一兄はフジテレビの制作のディレクター。良三はそのアシスタント・ディレクター。
兄がフジTV時代にディレクトした主な番組は……

まずは、「おとなの漫画」。
その時代の出来事を切り取り五分間の世情風刺に仕上げた秀逸なコント番組。フジテレビ開局の翌日、昭和三十六年三月二日から昭和四十一年まで約五年半放映された。まだ、メジャーになってなかったハナ肇とクレージー・キャッツ全員が生放送で熱演していた。

本番五分前に台本が出来上がるという〝綱渡り〟みたいな日もあったと聞く。台本の制作は、去年他界された永六輔と三木鮎郎、キノトールなど。途中から兄の親友だった青島幸男が参加。風刺が効いていて、ウィットに富んでいて、生放送の緊張感も相まって、パンチのある印象的な番組だった。

番組の最後のセリフ、「ちょうど時間となりました。ハァ〜、こりゃ、シャクだった〜」は後の青島幸男作詞の「スーダラ節」のB面曲「こりゃ、シャクだった」の原型となったと言う。

その後、テレビ界でこのような番組が作られた記憶はない。

次は、「ザ・ヒットパレード」。

番組の冒頭、画面に巨大な作り物のピーナッツが映る。と、そのピーナッツが割れて蓋が開き、双子の歌手ザ・ピーナッツが中から現れる。

そして、声を揃えて「ザ・ヒットパレード」と叫ぶ。

声と共に番組のテーマ曲「ザ・引っ張れー（と聞こえる）、引っ張れー、みんなで選ぶー」の曲が流れ、番組が始まる。

司会は当時、珍しかった日英混血のタレント、ミッキー・カーティス。後に芳村真理や長沢純が加わる。

ヒットの順位の下から上に向かって歌が紹介され、歌手が熱唱する。スタッフについては、全員が歌のスコアを読めなければ駄目、との要求度の高い兄の考え。兄が先生となって、スコアの読み方を教えたと言う。

また、歌手は歌手で、自分の持ち歌ではない曲も歌わなければならないので、苦労したらしい。

バックバンドは、スマイリー小原とスカイライナーズ。スマイリー小原はまるで外国人のような風貌で、踊るような独特のスタイルの指揮が新鮮だった。フルバンドの演奏も迫力があり、「音楽番組」の面目躍如。

熱気が感じられた番組だった。

昭和三十四年から昭和四十五年まで十一年間続いた現在では珍しいヒット歌謡番組。

因みに「ザ・引っ張れー、引っ張れー」のテーマ曲は兄の作曲。作曲家に依頼する予算もなかったので、自分で作曲してしまったのが真相だった。

最後に、「新春かくし芸大会」。

小番組から「お化け番組」に成長した珍しい番組。毎年、元旦にタレントが「かくし芸」を披露する目玉番組。ＮＨＫを退社したアナウンサーの高橋圭三が長年、司会を担当していた。

昭和五十五年の最盛期には視聴率は、信じられない数字の「四十八・六％」を叩き出していて、ＮＨＫの「紅白歌合戦」と、このフジテレビの「新春かくし芸大会」で、多くの人が「正月を感じていた」と言っても過言でないと思う。

実は番組の収録は毎年十一月の初めに行われていて、十一月には出演者は「あけましておめでとうございます！」と、まだまだお正月にはほど遠くても、羽織袴や着物姿で挨拶をしていたのだ。

収録には四日間で四スタジオを使用し、スタッフはほとんど寝る間もなく、働いていた。

後半、この番組の総合プロデューサーをしていた夫は、四日間の収録が終わって帰ってくる時は、顔は土気色。倒れる寸前の様子で、毎年、帰るのを心配して待っていたのを覚えている。視聴率の低下もあり、平成二十二年の元旦をもって、四十七年の歴史を閉じた。

昭和四十～六十年代は物凄い勢いでテレビが成長していた時期。

現在は多くの番組が制作会社に外注しているが、当初はテレビ局の内部で番組を制作していて、一人でいくつもの番組を担当していた。制作しているものにとって、「一番、面白い時代」だったかもしれない。

兄の家には多くの仕事仲間が集まり、喧々《けんけん》諤々《がくがく》、議論沸騰。

熱い時代だった。

その後、兄はフジテレビを退社し、作曲家として独立。

多数のヒット曲を生み出している。

ザ・タイガースの「花の首飾り」、「モナリザの微笑」、ザ・ピーナッツの「恋のフーガ」、ガロの「学生街の喫茶店」、ヴィレッジ・シンガーズ、数年前の島谷ひとみの「亜麻色の髪の乙女」などのメガヒット級の勢揃い。

良三の方はフリーの演出家になるまでの十七年間、フジテレビに在籍し多くの番組に携わった。

下宿人誕生

良三の引っ越しは?と言う兄の誘いから数日後、挨拶を兼ねて日時を決めにやって来た。青白い顔で、首が長く、細身で、ヒョロっとしている。一見、神経質そうだ。

母に向かって「よろしくお願いします」と、頭を下げ、礼儀正しい。

下宿部屋は二階に六室あったが、彼の部屋は一番階段に近い部屋。下から「ご飯ですよ～」と声を掛けると「は～い」と答えてすぐに降りて来た。家賃はいくらだったか記憶にない。しかし、決して高くはなかったと思う。

一ヶ月後に越して来た良三は椙山家のラフな家風にすぐに馴染んでいった。仕事から帰ってくると、ほとんど毎日、一階の居間で楽しそうに話したり、食事したり、すっかり溶け込んでいて、ずっと前から住んでいたような雰囲気を醸し出していた。

「良ちゃん」と呼ばれ、母もとても気に入ったようだった。

その時には既に未来への道筋がつき始めていたのかもしれない。きっと。

夫となった良三は島根県松江市出身だと言う。

聞けば、NHKのアナウンサーを志して上京し、大学に入り、放送部で「喋り」の練習をしていたらしい。道理で全く訛りがない。郷里を愛しながらも東京以外には住みたくなかったらしい。私はその時十九歳、「良ちゃん」は二十五歳だった。

その三年後、「下宿人」と「下宿屋の娘」のカップルが誕生した。

数ヶ月後にはちょっとした事件はあったけれど、ハラハラドキドキはあまりなく、「なるべくしてなった」という割合ストレートな道筋だった。

つまり、兄の「俺の実家に来るか?」が私にとって、まさに「運命の一言」だったのだ！

あの時はごめんなさい

「今週の土曜日の二時から麻雀をやろうよ」と話がまとまった。

メンバーは母と由美姉の近所に住む二十歳になった中学の同級生二人。

その内の一人は数年後に私の親友と結婚することになる「ユウちゃん」、もう一人は「ケイスケ」。

「ユウちゃん」は早くから来て、お茶を飲みながら母や三太兄達と楽しそうに話している。

椙山家はお酒は出ない。

元々、父が全然、お酒を飲まなかったのでいつもお茶で盛り上がる。

家はその時は下宿屋。二階の四部屋には学生やらサラリーマンが住み、年に何回かは入れ替わる。

一階のガラス戸の玄関を開けると障子があり、その向こうは真ん中が掘り炬燵の居間だ。だから、玄関を誰かが開けるとすぐ分かる仕組み。下宿人はその横の階段を上がって、自分の部屋に行けるようになっていた。

その頃、家では誰かが玄関の戸を開けるとふざけて「誰だ～！　名を名乗れ～！」と時代劇風に言うのが流行っていた。

その日、二時になっても「ケイスケ」が来ない。すぐ近所なのに来ない。みんな待ちくたびれている。

「アイツ、来ないなぁ。何してんだ～？」と同級生の「ユウちゃん」がブツブツ文句を言う。その時、「ガラッ」とガラス戸が開いた。

来た～！

すかさず「ユウちゃん」や兄が大声で「誰だ～！　名を名乗れ～！」と叫ぶ。

「ごめん、ごめん。ケイスケだよ」と背の高い「ケイスケ」が身をかがめてのっそりと入ってくると思いきや、何も聞こえてこない。

「あれっ？」

障子を開けると、若い男の人が突っ立っている。驚きのあまり、身体が固まって、眼をむいて、言葉も出ない。皆の眼が彼に集中する。すると、何か答えなくてはいけないのだと思ったらしい。

「ボ、ボ、ボクはタベイです」

小さな声で一言。それを聞いて、数秒、静寂が流れ、そして、皆、一斉に吹き出してしまった。

「ごめん、ごめん。人を間違えた！」と一生懸命事情を説明して謝った。彼はその前の日に新しく越してきた新潟出身の「タベイくん」という学生だった。後から遅れて来た「ケイスケ」は皆から総攻撃。

「お前が遅れてくるから悪いんだ」と……

その「タベイくん」、驚き過ぎてすぐに越してしまうと心配したが、その後も美味しい郷里のお米や野菜を分けてくれたりして、結局、約二年間住んでくれた。

良い下宿人だった。今でも「田部井」という苗字を聞く度、あの日を思い出して可笑しさが戻る。

「タベイくん」、あの時はごめんなさい！

五組のカップルが生まれた「キューピッドの園」

自由な雰囲気と感性の豊かさを刺激するような環境を作っていた我が家には多くの若い男女が集まっていた。

そうすると自然発生的に「誰が誰を好きらしい」みたいなことが起こっていた。それをしっかりと見逃さない母。絶妙なタイミングで、男性に「チャトとオブ、どちらもとても良い娘だけど、どっちが好き？」などと聞く。どちらも私の高校の同級生で仲が良かった仲間だ。

聞いた相手は「シマちゃん」、浩一兄の仕事仲間で、フジテレビの社員の男性だ。シマちゃんとチャトの初めての出会いは結構、ユニーク。

父の死後、母が改築した下宿屋には一階にトイレが三つ横に並んでいた。ある時、一番奥のトイレと一番手前のトイレのドアが同時に開いた。トイレを出てきた二人の顔が瞬間、向き合った。

「あ、どうも」、「あ、どうも。初めまして」が最初の出会いだったらしい。

ここで「キューピッド」というか、「仕掛け人」の母が暗躍する。

「どっちの娘の電話番号が知りたい？」と尋ねる。

「あのトイレで鉢合わせたふっくらした女性」

と答えたシマちゃんに、母はすぐ彼女の電話番号を教える。

二人は「俺たち、臭い仲」と冗談で笑っていたが、その後、椙山家で会ったり、外でデートを重ね、数年後、沢山の人に祝福され結婚。三人の子供をもうけ、平成二十七年に「金婚式」を迎えている。

これが一組目の夫婦。

二組目は、長姉の瑛子が、浩一兄の成蹊高校時代の親友、通称「チャカさん」と結婚。姉は「チャカ、チャカ」とうるさいほど連発するので、「チャカぼれ」と呼ばれていた。

三組目は、姉の嫁ぎ先の妹と、姉の高校の先輩が夫婦になった。

四組目は、由美姉の中学の同級生で、近所に住んでいて、麻雀仲間だった「ユウちゃん」と私の高校の同級生の「オブ」だ。

五組のカップルに矢が命中！

五組目で、最後のカップルは、前述の通り、私と「良ちゃん」。

「良ちゃん」はその後も大きく変わる運命を、浩一兄に委ねることとなる。

相山家で出会って結婚したカップルは数えてみたら、十三年間に五組が誕生していたのだった。

花を愛し、音楽を愛し、人が大好きだった母。

庭には常に色とりどりの花が咲いていて、笑い声が絶えなかったあの家は、やはり、「キューピッドの園」だったかもしれない。

右足をズリズリした浩一兄

兄の作った曲が大ヒットした。

日々、テレビからも、街をそぞろ歩いていてもあちこちから兄の曲が流れてきていた。

自分の生活の中でこんなことがあり得るのかな?と正直驚いた。

自分の兄が作曲した曲が日本中に知れ渡る。家族としての「驚き」と「嬉しさ」は格別のものだった。

歌番組を見ていると、作曲「すぎやまこういち」と出る。

その「すぎやまこういち」の名前だが、漢字で書けば「椙山浩一」。でも、作曲は「すぎやまこういち」。それは余りにも人々が「まさやま」とか「しょうやま」とか、正しく読んでくれないので、いっそひらがなにしてしまえ!となったらしい。

また、フジテレビの会社員を辞職して作曲家として独立し、ペンネームと決めたのも、もう一つの理由だ。

ヒットと共に当然、収入が増えた。すると兄が週末の家族が揃った場面で、「どうしても買いたいものがある」と言い出した。皆の顔が兄の方に向いた、

「キャンピングカーなんだ」

兄がぼそっと言った。

「えッ、何それ？」

家族全員があっけにとられた。

皆の想像では大きなものでは家を買うとか、高いカメラを買うとか、普通の車を買うとかの範囲だった。

ところが「キャンピングカー」。余りにも突飛だった。

「やめなよ～」とか、「どこに置くの？」とか、「維持が大変だよ」とか、ブーイングが集中した。ただ、兄自身の稼ぎだから反対する理由は基本的にはないのだ。

兄も皆の予想以上の反対に驚いたと思う。

すると兄は居間の畳の上にドタッと仰向けに寝そべった。

「買いたいんだよ～」

と言いながら、右足を立て、前後にズリズリと動かし始めた。まるで「駄々っ子」。可

笑しかった。

でも、普段、一回り離れていて、遠い存在だった兄に急に親近感が湧いてきた。

結局、皆は「面白そうだね。いいんじゃない」と賛成したのだった。

兄は希望をかなえてすぐにキャンピングカーを購入した。

日本の「いすゞ製」だったと思う。ただ、車検を通過させるのに手間が掛かったらしい。それは車体がある角度に倒すと簡単に転がってしまうからだった。車高の割には車幅がないし、タイヤも細かったのかもしれない。でも、改良の結果、車検をやっと通過させ、意気揚々と運転して戻ってきた。

反対したにも拘わらず興味津々の家族は、届いた日に早速、車を見せてもらった。

ドアを開けるとソファのような座るところがあり、運転席の後ろにはキッチンがあった。また、右奥にはベッドも付いていた。

全くの生活空間だ！

キャンピングカーはなんとなく知ってはいたが、こういうものが世の中にあるとは思わなかった、が最初の印象。

アメリカでは既にキャンピングカーは普通に流通していたが、日本ではまだまだ珍しかったし、このような形式の車は当時はレントゲン車のみだった。

早速、試乗で青梅街道を走った。

道路を走ると道行く人が驚いたように私達を見る。「高見の見物」のよう。

大型のトラックを運転している人はこんな風に見えるのか？　気分が良いだろうと初めて知った。

数日後、家族の希望で相模湖の方に一度、連れて行ってもらった記憶はある。でも、どうやら乗っているうちにヒーターが故障したり、冬にはタンクの水が凍ってしまったり、維持が大変だったらしい。よって、その後の兄のキャンピングカーのヒストリーは定かでない。

ただ、浩一兄の興味の対象は、若い時から通常と少し角度が違っていたことは定かだと言える。

やめようと思った

「良三さん。一度くらい外でデートしたいです」

私は良三にお願いした。

良三は、渋々、「良いですよ」と頷く。


私と良三は「なるべくしてなった」カップル。だから、デートと言えば毎日が家でデート。まだ、夫婦でもないのに、「今夜、家でご飯食べる?」とか、「今週の土曜日、麻雀する?」が実質的な会話。

いつどうやって、結婚が決まったのかもどうしても思い出せない。二人の兄や母など全員の賛成のうちに、いつの間にか決まっていた。

良三からの、「君に会えて良かった」とか、「運命の人だ」とか「心から愛している」とか、感動的でドラマティックな言葉は、残念ながら聞いた記憶が全くない。

でも、良三の実家の松江市に、父親代わりの長兄と母が婚約の挨拶に行くことにも既になっていた。


ある日、私は良三に聞いた。

「良三さんの亡くなられたお父さんて、どんな方だったの?」

良三の答えは「普通の父親」、続けて「お母さんは?」、またもや「普通の母親」。

「写真持ってる?」、「持ってない」。

「あ、そう」と私は黙る。

「じゃ〜、貯金はある? 結婚するし」

良三は、「ごめん、ゼロ」。

「あ、そう」と、また、私は黙る。

でも、私は母親の「大丈夫」を最も強く受け継いだ娘。

「まぁ、いいや。なんとかなるよね」とそれ以上、突っ込まない。

良三はホッとしたらしく、安心した顔。

でも、十九歳の女性にとって、余りにもロマンチックさに欠けている、と思った私は良三にお願いする。

「一回、外でデートしたい」と。

良三は六歳違いの二十五歳。テレビ局勤務で、お洒落で都会的。青白の繊細な感じで、どちらかと言えばイケメンだった。

取り敢えず、デートの日がやってきた。初秋のうららかな小春日和の日だった。母が、自分の普段着の着物を着せてくれ、デートは着物姿。

私は嬉しくて、上気して頬が赤い。

荻窪駅から丸の内線を使い、赤坂見附で銀座線に乗り換え、銀座駅で下車。そして、銀ブラ。その後、日比谷公園まで行き、園内を散歩がデートのコース。花壇の花々を眺めながらゆっくりと歩く。散歩の人もまばらだ。

と、木陰に入った瞬間、突然、良三が私の肩を抱いて、「好きだよ」と囁き、キスをした。

私は有頂天。この瞬間《とき》を一生忘れず覚えていよう！

心に刻んだ。

その数日後、良三は仕事で出掛けている。珍しく私は二階の良三が借りている部屋に入ってみた。男性の部屋とは思えないほど綺麗に片付いた部屋の壁際の机の上にサラッと一冊のノートが置いてある。

読みたい、でも、イケナイことだし、でも、読みたい。

結婚するんだから良いよね、と心が誘う。奥さんになるんだし、と自分を納得させながらソッと開いてみると、特徴ある良三の字で沢山の「詩」が書かれている。

多くが風物や愛を語った詩だ。

読み進んでいくうちに「日比谷公園」の字が眼に飛び込んできた。

「うわ～、私のことを書いてくれている」と、私は嬉しさに興奮する。

それは日記風な文章だった。

「日比谷公園を二人で散歩した。素晴らしい時間だった。ボクはたか子に愛してる、と告げた」と書かれている。

「たか子」？

何度、見返しても「日南子」ではない！

日付も書かれている。約二年前の日付だ。
私には言ったことがない「愛してる」も書いている。
「ヒドイ！」。一瞬、頭に血が上った。
そして、泣きながら自分の部屋に駆け込んだ。
「結婚、やめよう」と思った！

やめようと思ったのをやめた

「はい、分かりました。やります」と、良三は答えた。

「日記覗き見事件」のあった次の日の昼、遅く出かける予定の良三が庭で下を向いて立っている。横に立つ私の眼が腫れ上がっている。昨夜、思いっ切り泣いたせいだ。

目の前には炎が上がったドラム缶が置かれている。

そして、良三が例のノートを手に持って、一枚一枚、バリッ、ベリッっ、黙々と破いては火にくべて燃やしている。白地に黒い文字の入った紙がメラメラと燃え上がる。白い灰が風に乗ってヒラヒラと舞う。

私を黙ってそれを眺めている。良三の表情は心なしか寂しそうだった。

昨夜、遅く帰ってきた良三に私は、

「結婚するなら、あのノートを庭で燃やして」と要求したからだ。

で、仕方なく、「はい、分かりました。やります」と実行。

そこに家から出かけようとしていた三太兄が丁度、通りかかった。二人の様子を見て、「大変だねぇ」と、イタズラっぽい眼で眺め、横を向いて「クッ、クッ」と笑いをこらえている。

実は、昨夕、話を聞いた三太兄は
「許してあげなさい。会う前のことだし、彼は本当に良いヤツだよ」

と、妹を一生懸命なだめたのだった。

私はどちらかと言えば内容よりも余りにもイージー過ぎる「ワンパターン」にムカムカしていたのだ。でも、結局、「お兄ちゃんがそう言うなら許す」と、
やめようと思ったのをやめたのだった！


その恩義ではないとは思うけれど、良三と三太兄とはその後も、まるで、本当の兄弟のように仲良くなる。

でも、兄は死ぬまで、あの時のことをイタズラ眼で嬉しそうに話していた。

「良ちゃん、肩が寂しそうだった」と言っていた。

肩を落として、燃やす日記…

その後の顛末

「日南子、婚約指輪は何が良い？」

あの日以来、「良ちゃん」は低姿勢だ。

「一文字のルビーが良いな〜」と、ルックダウンの私。

彼は一ヶ月分の給料をはたいてルビーの一文字の婚約指輪を買い、それを母の前で、「日南子さんと結婚します」と言って渡してくれた。

昭和三十八年の春のこと。私の左手の薬指にはルビーの指輪が輝いた。

数週間後、母と私は良三の郷里の松江市を訪問し、林家の家族に会い、めでたく婚約が整った。結婚式は私が卒業後、林家の決まりである島根県出雲市の「出雲大社」と決まった。母も夫を亡くしていたし、「やれやれ」と思ったに違いない。

結婚二年後の夏、夫と一緒に海に入ってはしゃいでいた。

陸に上がってタオルで身体を拭いていたら、気がついた。

「指輪がない！」

どうやら大海原に捧げてしまったらしい。

それから九年間、一切、指輪は買ってもらえなかった。

その時以来、ルックダウンの位置が逆転した！

忘れられない身体が震えるような緊張感

「4、3、2、キュー！」

ディレクターの兄の声がスタジオに響き渡る。

アシスタント・ディレクターの良三の手が同時に振り下ろされる。瞬間、タイトルが告げられ、テーマ音楽「ヒッパレ～、ヒッパレ～、みんなで選ぶ～」が流れる。

一度だけ兄が、番組の放送風景を見せてくれたことがあった。

新宿区河田町にあったフジテレビのスタジオ内だ。

番組は「ザ・ヒットパレード」。

昭和三十六年三月一日、フジテレビ開局の二日目から始まった番組だ。毎週、三十分間、外国曲を含めてその時ヒットしている歌謡曲を歌手が歌って披露していた。

当初はカラーでない白黒の放送。ＶＴＲもない時代。

実は当時の番組を見たくても、写真しか残っていない。

私が兄に連れて行かれたのは、通称「金魚鉢」と呼ばれている二階のガラス張りのサブ調整室。つまり、番組を制作するディレクタールーム。下から見上げるとまるで「金魚鉢」。ガラス鉢の中でゆらゆらと人が金魚っぽく動く様がその所以らしい。

その部屋は暗く、前方にはガラス窓が広がっている。ガラス窓の下に見える一階のスタジオは、対照的に明るく輝いている。数台のモニター画面が並び、その後ろに椅子が並んでいる。その真ん中にディレクターの兄が座り、その前には「カット割り」の台本が置いてある。右側にはカメラ画面の切り替えを担当するスイッチャー。左側には時間の管理を担当するタイムキーパー。その他、照明、音声担当も座っている。

私はと言えば、立って後方から静かに眺めている。

画面には一階で動いているカメラの映像が全て映し出されている。その中の一つの画面が放送されるらしい。その指示をここで出すのだ、と理解する。

画面を見ると、中の一つに出演者の顔が大きく映し出されている。

その頃、テレビ界で「フジテレビサイズ」と呼ばれていた顔の大写しの手法。それも番組に躍動感を与えていた。

良三は一階のフロアで耳にヘッドインカムを付けて立っている。ディレクターの兄の指示を耳に付けたインカムで受け取り、出演者のキューを出すのだ。画面で見る感じよりも意外に狭いスタジオ内を、カメラの人や他のスタッフが忙しそうに動き回っている。フルバンドも壇上に整列し、楽器を持って準備終了。

放送時間が迫ってきた。指揮のスマイリー小原も背筋を伸ばし、恰好を付けてバンドの前に立つ。床にセットされた作り物のピーナッツの中にザ・ピーナッツの二人が入る。司会者のミッキー・カーティスと豊原ミツ子アナウンサーがマイクの前に陣取る。

空気が張り詰めてくる。スタッフの顔付きも変わっている。スタジオ内が「シーン」と静まり返る。全ての準備が整ったようだ。

「スタンバイＯＫ」と良三。

番組にはスポンサーが高額な料金を払っている。生《なま》放送だし、ＶＴＲもないし、後からの編集も不可能。一つ間違えば全国に流れてしまうのだ。

緊張感がみなぎる。

そこで4、3、2、キュー！

ザ・ピーナッツがピーナッツの蓋を押し上げて、「ザ・ヒットパレード」と叫ぶ。

生放送が始まった。凄い！

昭和三十八年、その時私はまだ十九歳。身体が震えるような緊張感だった。

その頃のカメラの性能はイマイチ。生放送中に三台のカメラの内、二台が壊れたりしたそうだ。そうすると、一台でスタジオ中を駆け巡って映像を撮る。正常に動いているカメラマンは汗ダク。その間、急いで近くのスタジオに他のカメラを借りに走る。やっと、借りて戻ってきたら終わってた、なんてことも頻繁に起こっていたとか。

面白いというか、優雅というか、かなりのアナログ時代だった。

今ではドラマなどで番組制作の風景が見られる機会もある。でも、当時ではなかなかできない経験。

こんな張り詰めた空気の中で仕事をしている兄と良三への尊敬の念が強まったのは確かだった。

仕事場を見せてくれた兄に今更ながら、感謝！

すぎやまこういち（左）と林良三（右）
―フジテレビにて―

お兄ちゃんがいじめる〜

悪ガキ三太の中学生の頃は、三歳年下で私のすぐ上の由美姉をからかうことは名人芸に近く、

「俺は由美を小指一本で泣かすことができる」

と豪語していた。

だから我が家のご飯時は食卓で座る場所が重要。三太と由美をお互いの顔が見える場所に座らせるとご飯がまともに食べられなくなる。向かい側は絶対ダメ。斜め向かいもダメ。だから、いつも誰かを間に座らせてその横に姉を座らせる。

でも、ちょっと目を離すと、

「お兄ちゃんがいじめる〜！」「ピ〜、ギャ〜」、と騒がしい。

どういうことで泣かせていたのか不思議だが、何しろ、泣かせようと思ったら百パーセントちゃんと泣かせる。

ここから既にもう、「完全主義」だったのだ。

遊びは麻雀が得意で、「いつも自分は勝つ」と思っているタイプ。負けるとウルサイ！勝つまでやろうと言い張る。

ただ、私の夫も麻雀が好きだったから、兄と義兄と週末はよく遊んだ。

由美姉の夫は菅原文太ばりのイイ男。麻雀は強く、理論的に打つ。ある時なんてルールで揉めて、中断して本屋に麻雀のルール本を買いに行ったこともあった。

残りのメンバーは白ける。

「もう、どうでも良いから続けようよ」と言っても二人は取り合わない。

結局、本でルールを確かめたら兄が正しかったのだが、夫もそう簡単には譲らない。

そして、再度、謝る、謝らない、でまた、揉める。

どちらもいると面白かったのに、残念ながら夫は平成七年、義兄は平成二十一年、兄は平成二十二年に、三人とも逝ってしまった。でも、癖のある人ほど、いなくなると寂しい。

私の周りには「濃い人間」が多かった！

はっぱふみふみの意味って？

「みじかびの、きゃぷりきとれば、すぎちょびれ、
すぎかきすらの、はっぱふみふみ」

これはあの大橋巨泉氏の有名なテレビのコマーシャル。キャップの形の工夫で「短くなる」のが売りのパイロットの万年筆だ。このコマーシャルで紹介された万年筆はキャップに工夫があり、ペンのおしりにキャップを付けられる優れた機能が特徴だった。書かない時は短くできて、書く時はキャップでペンの長さを確保できるという商品だったよう。

「はっぱふみふみ」の意味は、実は、「意味不明」。
基本的には五七五七七の短歌形式で、「短いけれど書き易い」を強調してのサウンド重

視の言葉の羅列。大橋巨泉氏が考えたとも言われているが、台本もあっただろうし、詳細は分かっていない。でも、このコマーシャルで商品は大ヒットし、パイロットは売り上げを大きく伸ばした。

実はこのコマーシャルのディレクターは茶目っ気一杯だった私の次兄の三太。この兄の風貌は長兄の浩一とは異なっている。背は高くなく、太目でがたいが良く、丸刈りの坊主頭、黒のサングラスが好きで、大型のアメ車好き。

外またでドカドカと偉そうに歩く。道の真ん中を歩くと人が避ける。

面白いことで人を笑わすのが得意。でも、実は理系の「完全主義者」。

仕事ではスタッフを右往左往させたことは数知れずだと思う。また、呆れて困った人も多かったはず。

でも、超大物のブラックのサミー・デイビスJrをサントリーホワイトのコマーシャルに起用。その頃のお酒のコマーシャルは「お酒は人生の友」風な、ヤケに文学的な表現が多かったらしく、そこで兄は、「生理的感覚でお酒を飲まそう！」、ポップな感じで音楽のように耳から入ってくるものにしたい、と発想。

丁度、来日していたサミー・デイビスJrと直接交渉したらしい。

色々注文を付ける兄にスタッフはハラハラ。でも、サミーはこのコマーシャルをとても気に入ってくれて、その後のアメリカでの撮影終了後には彼の家に招待され、ピアノの横に兄を立たせた。

「Santa、リクエストはあるか？」と聞かれた兄は「What kind of fool am I？（愚かな心）」を頼んだ。サミーは「分かった。俺はこの歌をSantaのために歌う」と言い、弾き語りをしてくれたそうだ。

この歌はサミーが自分のステージの最後に、彼の苦労した人生の辛さなど万感を込め、涙ながらに熱唱した歌だそうだ。

兄のコマーシャル・ディレクターとしての心の勲章だったと思う。

「生理的な感覚でお酒を飲ます」というこの目論見は成功し、コマーシャルは大ヒットした。ある意味禁断だったブラック＆ホワイトの対称は世界的に話題になり、昭和四十九年カンヌ映画祭のコマーシャル部門で、日本人で初めてグランプリを取ってしまった。

また、ＪＡＬのイメージからほど遠かったジャネット・ジャクソンを起用し、歯切れの良いダンスで「只今、ＪＡＬで移動中」のコマーシャルも作っている。

面白いコマーシャルとしては、マッドネスの「ホンダシティー」も懐かしい。「ＰＡＲＣＯ」の撮影では、アメリカのビルの屋上を隅から隅まで撮影のためにペンキでピンク色に塗ってヘリコプターを着陸させてしまったりしたこともあったらしい。

一昨年、コマーシャルに貢献した人々が名前を連ねる団体、ＡＣＣ（一般社団法人全日本シーエム放送連盟）の「殿堂入り」を果たしたのだ。変わった形のフィギュアの賞は平成二十五年に脳梗塞で亡くなった兄に代わって兄嫁が受け取っている。

こんな話もある。

名前の「三太」はモチロン、三番目だったから。でも、英語にすると「SANTA SUGIYAMA」。

コマーシャル・ディレクターとして世界中をロケして回っていたSANTAは、十二月二十四日のクリスマスイブにニューヨークの税関を通った。

通過しようとした時、インスペクターが大声で叫んだ。

「SANTA is coming now!（サンタが今、やって来たぞ〜！）」と。

どんどんと税関員が集まって来て、握手の嵐。

「気分良かった」と嬉しそうに話してくれた。

私がアメリカに住んでいた時も来てくれて、その時乗っていたトヨタ「カムリ」でフリーウェイをすっ飛ばしたのも思い出される。

人間的な素晴らしさを感じさせるいつも熱い兄だった！

ＰＣ時代への提案？

「パシッ！」

「痛！　お父さん、痛いよ〜！」

父に赤くなるほど手を叩かれた。

「ごめんなさい。もう、やりません」

私は謝る。

場面は日曜日の昼、居間の掘り炬燵の四角いテーブル上で、家族で麻雀を楽しんでいるところだ。メンバーは父、母、三太兄、そして、おミソの私。私はやっと入れてもらえた久しぶりのゲームに大張り切り。だからついつい先走ってしまう。

何故、麻雀でそんなに怒られたか？　麻雀のプレー中に順番を無視して次の人より先に牌を取ったからが、その理由だ。

麻雀は「緻密に計算された高度な確率のゲーム」というのが父の持論。「先にその一牌を見て後でそれを戻すことになったら、見た人が非常に有利になるから、駄目なんだよ」と厳しく、でも、優しく諭す父。

それに加えてマナーだ。順番を守らず前の人より先に割り込むように行動をするのは絶対のマナー違反だ。


父は麻雀が大好きだったし、その上、有段者で、「麻雀連盟」の五段の資格を持っていた。麻雀連盟は昭和四年に発足しているが、戦争中は弾圧され、その後、麻雀ブームが到来した。その頃には報知新聞に麻雀の勝負欄があって、父はその欄に登場する程の腕前だった。

ただ、その時のルールは現在のそれとはかけ離れていて、ベーシックで運ではなく、〝腕〟が重要な渋い正確なものだった。麻雀はコントラクト・ブリッジなどとは違って、一人対三人の勝負だから、孤立無援《こりつむえん》。つまり、相手の三人の手を読む、そして勝つ、その訓練が重要だ。

実は麻雀は打ち方で性格が出る、とも言われている。

一．静かに打つ人

二．騒がしい人
三．粘り強い人
四．すぐ諦めてしまう人
五．大きい手ばかり狙う人
六．ルールを無視する人
七．負けると「負けた、負けた」とうるさい人
八．負けても端然としている人
九．勝つと「勝った、勝った」とはしゃぐ人
十．勝っても能面の如く表情が変わらない人

私はどちらかと言えば九番の勝つと、「勝った、勝った」とはしゃぐタイプだった。でも、それは滅多にない。おミソだから私は毎回、負ける。

悔しそうな私を見て、三太が「また、負けた！　また、負けた！」と手拍子でからかう。悔しくて、悔しくて、「ワーッ！」と泣きながら洗面所に駆け込む。その様をみて、兄は嬉しそうにゲラゲラ笑っている。

少しすると、私は鼻水をズルズルすすりながら、洗面所を出てくる。兄は「ゴメン、ゴメン」とニヤニヤしながら謝る。それを見て、父も母も怒りもせず笑っている。いつもの見慣れたシーンだから……

しかし、麻雀をする上で最も大事なことは、どんな人とでも楽しく、そして、忍耐強く勝負を進めることなのだ。

そのため、我慢をすること、人に気を使うこと、協調性も必要になってくる。勝負中に軽い冗談を交わすのはとても楽しいが、麻雀とは関係ない話を長々と始めるのは禁物。他の人の集中力を妨げ、気を削ぐからだ。

ただ、会話もなく、ＰＣに一人向き合って、人には気を使わず、怒られもせず、どんな格好でも、また、周囲に関係なくできるパソコンゲームとは基本的に違う。ＰＣが相手だと、視覚も触覚も必要なく、マナーの練習にもならない。

地球上でこれほど驚異的に機能が上がって、驚異的に価格が下がったものはＰＣ以外にはない。この四十年間の間にＰＣはあっという間に地球上を隈なく覆ってしまった。ＰＣは使い方次第で人類を救いもし、毒性のアメーバのようにもなって、世界の人類を滅ぼしもすると思う。

ただ、「麻雀は単なる遊び」と侮《あなど》ってはいけません！

麻雀を通じての躾《しつけ》は、通常の生活や仕事の進め方にも通じるからだ。勿論、我が家は一家団欒にもなる「家庭麻雀」だった。

最近は「健康麻雀」が盛んだが、「家庭麻雀」を復活させて「躾」に応用する、または、入社試験に利用するなんてのは面白いのではないかと考えてしまう。

アウェイでの結婚式

日本最古の縁結びの神である「出雲大社」で、下宿人の「林　良三」と下宿屋の娘「椙山　日南子」は結婚することとなった。

「出雲大社」は良三の生まれ故郷である島根県。私にとっては完全にアウェイの場所での結婚式。

昭和四十年四月二十五日であった。

この遠い「出雲大社」に母、兄、姉や親戚が当時最新の飛行機ＹＳ11で駆けつけてくれ、夫の方は地元、全員参加の賑わい。

「出雲大社」の広々とした道に敷き詰められた砂利を踏みしめながら神殿に向かって歩く。敷地には年代を重ねた松の木が点在し、静けさが辺りを制している。東京育ちの人間はその荘厳さに尻込みする。

結婚式が執り行われる建物は古びた木造建築。待合室も、着付けの部屋も、置いてある姿見も、廊下も、全て古色蒼然としている。

やがて、着付けが始まった。思わず「重い！」と叫ぶ。重い、何もかも重い。着物、打ち掛け、文金高島田のかつらなど、化繊や合成などを使わず、絹、真綿、人毛、全て自然なものを使っているらしい。

また、化粧をする段になると、係の女性がまるでペンキ塗りのような大きな刷毛を取り出し白粉を用意する。ベタッと額から顔中、真っ白に塗られ唇は真っ赤な紅で小さく描かれる。

余計に「デカ顔」。

おまけに有り得ないほどの「おちょぼ口」。

これは自分じゃない！

違和感で悲しくなったが、文句も言えず黙って従う。

着付けが終わると、打ち掛けの端を片手で持ち上げさせられ、その指の隙間に扇子が差し込まれる。

「しっかり持って、落とさないでね」と付き添いが釘を刺す。

それでも待合室で待つ椙山家の親族に挨拶に行かなければならない。

無理、無理と思いながら、付き添いの女性に手を引かれながらしずしずと廊下を歩く。

頭の中は、打ち掛けを離さない、扇子を落とさない、で一杯になっている。

この際、我慢が肝心。

やっと、待合室に到着し、皆の顔を見ようとして後ろにひっくり返りそうになる。つまり、顔を上げようとすると、重いかつらが後ろに引っ張るからだ。

仕方がないので俯きながら、

「皆様、本日はありがとうございます」と挨拶する。

続けて、「お母さん、今まで育ててくれてありがとう。私は今日、お嫁に行きます」と、感動のセリフ。

すると母は、「幸せにね。お父さんもあの世で喜んでいるわ」などと言い、ホロホロ落ちる涙をそっとぬぐう。

姉達も私の肩をそっと抱いて、「良かったわね。とても綺麗よ」などと言ってくれる。

当然、こんな名場面になる、はずだった。

でも、家族は全員「シーン！」としている。誰も一言も発しない。

笑いはしないが、ただただ、私を凝視している。

「そんなにヒドイ?」とショックな私。

その時、気まずい雰囲気を断ち切るように、袴を穿いた男の人が式次第を説明にやって来た。

ポイントは「椙山日南子」と神主さんが言ったら、大きな声で「はい!」と答えることだった。「大きな声で」と、何度も、何度も、念を押された。

???　意味が分からない。


いよいよ式が始まった。

祭壇の前で神主さんが慣れた声で神様を呼ぶために、「うを〜〜〜!」と祝詞《のりと》を上げる。

神様には申し訳ないが、慣れていない私たちにはうなり声に聴こえてしまう。どうやら普通の声では神様は来てくれないらしい。

両側にはライブの如く、和楽奏者の生演奏が奏でられ、とても神々しい。すぐ横には、直径一メートルを超える見事な大太鼓も設置してあり、太鼓奏者がバチを持ってスタンバイしている。

ついにその時が来た。

神主は住所を祝詞で告げ、名前を言うと良三は落ち着いた声で「はい」と答えた。

次に、「す〜ぎ〜や〜ま〜ひ〜な〜こ〜〜〜」と祝詞が響く。

大声で答えねば、と焦る。ただでさえ、おかめのお面のような、白いオバケのようなメイクの私。大袈裟な衣装に、聴き慣れないコミカルな祝詞。

「はい」と答えるつもりが、そんな状況で頭の天辺から出た声は裏返り、「ひ〜！」となった。

間髪入れず、大太鼓の大音響が「ドォォォォン」と辺りの空気を震わす。

つまり、私の「はい」が大太鼓係への大切なキューだったのだ。

瞬間、しつこく念を押していた意味を理解した椙山家は、そこまでコラエにコラエていたものが爆発、「ブワ〜！」と思いっ切り吹き出してしまった！

全員、お腹を押さえ、俯いて肩を上下に揺らして笑っている。

その時、姉の一歳の娘が音に驚いて飴玉を落とし、飴玉はコロコロ〜、と部屋の隅まで転がっていった。姉は、ここぞとばかりそれを追って逃げるように退席し、しばらく戻ってこなかった。

「ヤバイ!」と思った私は反対側で並んでいる「林家」を横目で盗み見た。

皆、鋭く難しい顔でこちらを睨んでいる。

夫となる良三も隣で「シラ~ッ」としている。

普段は悪ふざけを愛してやまない人なのに?

私はこの時、「笑いのツボが違う。大丈夫かな?」と将来への不安がよぎったのだった。

ますじ〜

無事に結婚式を終えた夫と私は、実家から歩いて七分のところにある木造アパートに新居を構えた。

夕食を実家で済ませた私達は七分の道のりを、家々の植木の緑を眺めながらゆっくり歩くのが好きだった。荻窪の閑静な住宅街はひっそりと静まり返っていて、人影はほとんどない。ゴミ一つ落ちていなく、ちらほら眼に入るのは落ち葉くらい。そんなきれいな道を通って歩いて行くと私達のアパートに着く。

道筋の途中には「井伏鱒二《いぶせますじ》」の家があった。

いかにも文豪らしい樹木の繁った静かな佇まいの平屋建ての家だ。今にも中から文豪らしい着物姿の「井伏鱒二」が、片手を懐に入れて、泰然とした風情で出てきそうな雰囲気の家だった。

「井伏鱒二」は昭和十三年に「ジョン萬次郎漂流記」で直木賞を受賞、その後の代表作の一つ、「山椒魚《さんしょううお》」はユーモラスな短編だ。また、昭和四十一年発表の「黒い雨」では野間文芸賞を受賞している。

「黒い雨」は広島で起こった二十世紀最大の悲劇を、淡々とした静かな語り口で書いていて、後世に残る名作となっている。「黒い雨」とは原爆で燃焼した家々や樹木の煤が上昇気流に乗って高い空に舞い上がり、強い放射性物質が混じった雨と共に降り注いだものを描写している。そして、その雨を受けた被爆者が悲惨な人生を送らなければならなかった話だ。平成元年には今村昌平監督で映画化され名作との評判を取った映画となった。

その日も夕暮れのほの暗い道筋の右側にある「井伏鱒二」の家の前を通り過ぎようとした。白い石造りの門の向こうにはきっちりと閉まったガラス戸が見えた。ところが何故か、夫はその家の前で足を止める。

そして、大きな声で

「ますじ〜！」と叫ぶ。

「やめてよ。もし出てきたらどうするの？」私は本気で止める。

でも、夫はやめない。

その次の日もその次の日も叫ぶ。最後には私の懇願でやめてはくれたし、幸いなことに一度も「ますじ」は出てこなかったけれど、どうなることか?と毎回、ハラハラドキドキした。

夫は中学時代、文学少年だったようだ。よって、「黒い雨」は熟読していたと思うし、長崎で原爆で親戚を失っているので、ある種の感情も働いたのかもしれない……が、実に変な人だった!

けれど、そこが私にとっては面白い部分で、「飽きない人」でもあった。

十四年前の関白宣言だった

昭和四十年の春、結婚を控えたある日、夫となるその人は、私を自分の前に座らせ宣言した。その婚約者の「林　良三」の宣言内容は次の通り。

結婚したら、

1. メシと味噌汁と漬物は美味しいものを食わせろ
2. 何時でも何人でも人を連れて帰ったら歓迎しろ
3. 口答えはするな
4. 俺より先に寝るな
5. 俺より先に起きろ
6. 子供は男子二人

どこかで聞いたことのあるセリフ。そう、あの超有名な歌手の方が昭和五十四年に創った歌の歌詞そっくり。でもこれはその歌よりも、十四年も前に夫となった人が宣言していたセリフ。

初めて歌を聞いた時は、ウチのことを書いてるぞ、と思ったくらい。その時代だってそこまでは珍しかったと思う。

しかし、言われた私はいたってノンキ。

「ふ〜ん。そんなものかな？」と納得。

殊勝にも、「はい。分かりました」と答えている。

新婚の住まいは荻窪の実家から徒歩七分ほどの二階建ての木造アパート。

私はその２Ｋのアパートに小さな四角い「ちゃぶ台」を買った。狭い部屋には足が折り畳めて、壁に立て掛ければ全く邪魔にならない便利品。昭和四十年代ではちゃぶ台は新婚イメージの小物で、〝結婚のあかし〟みたいなものだった。手料理を載せ、向き合って微笑み、愛を確かめながら食べるイメージが満杯。

結婚前の私にとって頭の中で描かれていた〝新婚そのもの〟の風景だった。

出雲大社での結婚式も終わり、新婚旅行は九州阿蘇山のバス旅行。

新婚旅行から帰ってきたその翌日には、気負いながらの初めての手作り夕食を作った。

塩鮭、ほうれん草のおひたし、味噌汁、炊き立てのご飯など、宣言通りの典型的な美味しいと思われる和食料理。

大体、夫は鍵も持たない。つまり、その意味合いは「俺が帰る時は家にいろ」ということ。

「ピンポーン」とドアチャイムが鳴る。

「お帰りなさ～い。ご飯にしますね」

と言って、新婚イメージのちゃぶ台を出して手早く料理を並べる。

「いただきま～す」

向き合って食べ始めた夫は、二口くらい食べてから、突然、手を静止した。

「えッ、何?」と思った瞬間、「こんな塩辛いもの、食べられるか!」と怒鳴り、ちゃぶ台に両手を掛け、「バーンッ」とひっくり返した。

「ガシャーン!」

塩鮭やほうれん草、ご飯茶碗など、ちゃぶ台の上のものが見事に空中を舞った。私は固まって声が出ない。

部屋の隅には塩鮭が横たわり、ほうれん草が寄り添うように落ちていて、その前には横倒しになったちゃぶ台、ご飯茶碗も転がっていて、味噌汁で畳が茶色に濡れている。

無言の数分が過ぎた後、私の眼には涙がポロリ。

でも、何とか気持ちを抑えて気を取り直し、仕方なく飛び散った和風新婚料理を拾い集めて洗い直し、お皿に綺麗に盛り直す。近所には店もないし、ましてやコンビニは存在していなかったから、簡単には作り直せない時代。

張り詰めた雰囲気の後、結局は夫は「ごめん」と謝った後、黙々と口を動かし完食した。やり過ぎたと思ったのかもしれない。

夫に対して「この人、昭和の人？」と首を傾げてしまった。

バター臭い家で、明治生まれにもかかわらず母にデレデレで、母の手料理を例外なく「美味しい、美味しい」と食べていた父。そんな家庭環境に育った私には、想定外の衝撃的な夫の行動だった。

後日、分かった真相は、おかずが塩辛かったわけではなく、ただ単に「男＋夫」を誇示したかったための「テレビディレクターの演出」だったのだ。世間で言われる「最初が肝心」のパフォーマンス。常に妻より上位に居たい昔の「男＋夫」の心理だった。

テレビディレクターという最新の職業に就いていた夫。でも、家の中は明治時代風。おまけにフジテレビ内では「夫にしたいナンバーワン」に選ばれていたらしい。そのかい離の大きさに付いていくのはやはり大変だった。

こんな「亭主関白」、現在なら、「実家に帰らさせてイタダキマス」などとなる。でも、実際、そんな古風なものではなく、黙ってサッサと出て行って帰って来ないのが普通。

その頃、もし、Twitterがあってこのパフォーマンスを投稿したとしたら、夫は

①猛攻撃されるか？

②意外にも賛成派が現れるか？

③炎上するか？

考えると結構、面白い。

ただ、オカルト風な宣言通り、子供は男子が二人生まれた。

関白宣言！？

結婚したら呼び方が変わる？

結婚後、借りたアパートの一階に共同の電話があった。

個人が固定電話を持つには多額の費用が必要な時代。若い夫婦には電話を持つのは贅沢過ぎた。でも、その頃の連絡方法は電話のみ。

結婚して間もない頃、フジテレビに勤務していた夫に会社から電話がかかってきた。住んでいたアパートでは一階の壁に付いている電話が鳴ると気が付いた者が取り、相手を呼びに行くのがルールだった。

私がたまたま一階にいた時電話が鳴り、電話を取ったら夫の上司からの電話だった。そのため、急いで二階にいた夫に大声で「良ちゃん、電話よ～」と叫んだ。降りてきて話し終わった主人が怖い顔で部屋に戻ってきた。その後がイケなかった。

まず、「そこに座りなさい」と夫が言う。

「な～に？」と軽く答える私に夫は、「良ちゃ～ん、とは何事ですか？　もう、結婚したのだから、あなた、と呼びなさい」と言う。

突然、あなた？　と呼ぶの？

私と言えばキツネにつままれた感じ。

結婚前は夫は私を「ヒナ」と呼び、私は夫となる人を「良ちゃん」と呼んでいた。

「うわ～、この人すごい！」と少し気持ちが引いた。その数日前には「ちゃぶ台ひっくり返し事件」があったばかり。これは覚悟がいるぞ、と改めて心に沁み込ませた。

でも、どちらかと言えば私の方が「惚れた弱み」だったかもしれない。三十年間連れ添った前半の話のようで……

不完全な人間が親に？

ハネムーンベイビーが誕生した。

産婦人科は実家があった荻窪の個人病院で、院長先生と奥様と看護婦一人というこぢんまりとした落ち着いた医院だ。梠山家の姉妹は全員ここで出産している。

出産の始まりは勿論、陣痛の開始。私の場合、それは夜中に始まった。それも夫や母や兄弟と麻雀のプレー中。麻雀は中止し、入院の用意を整え、朝を待って慌てて夫が医院まで連れて行ってくれた。

院長先生は夫や私の慌てぶりに

「まだまだ時間が掛かりますよ。皆さん、最初は慌てて来るのですが、一度目はゆっくり、二度目から急いでほしいのに逆なんですよね。気持ちは分かりますが」と笑っていた。

夜中の陣痛で眠れていないからとても眠い。でも、間断なく襲ってくる痛さで眠れない。

その言葉通り、それから二十時間ほど陣痛でのたうち回った。

いよいよその時が来た。潮が満ちたのだ。

まず、頭が出てきて、その後、身体全体が現れた。

生まれた途端に強力な陣痛はどこかにサーっと消えていき、代わりに嬉しさが込み上げてきた。三千二百グラムの男の子だった。

ただ、私には嬉しさと共に一種の恐怖が襲ってきた。

どうしよう？　私みたいな不完全な人間が親になる？　なれっこない！

今まで自分が移動すればお腹の子供も移動する。出てきたら連れて歩かなければならない。栄養もへその緒から取っていたのに授乳しなければならない。オムツも必要。眠いし……

そして、ついにその言葉が出てしまった。

「先生。私、親になる自信がありません。赤ちゃんをお腹に戻して下さい」

ものすごく怒られた。

「そんなことを言った人はいません。もう、母親なんだからしっかりしなさい！」

「分かりました。すみませんでした」

素直に謝った。

別に子供を産むのが嫌だったわけではない。単純に親になる自信がなかっただけだった。真摯に赤ん坊を取り上げている先生や奥様や看護婦さんに申し訳なかった。心から反省した。

泣かない赤ちゃんを院長先生が足を持って吊るし、背中を叩いたら「オギャー」と泣いた。一安心。

やっと先生の奥様が抱いて赤ちゃんの顔を見せてくれた。夫似の端正な顔立ちだと思った。それを見ていたらやっと、嬉しさが怖さを上回ってきた。

私は病室に戻り、「ちゃんとした親になるぞ」心に言い聞かせ、思いっきり眠った。

腕に抱いた我が子

医院は三部屋だけで、入院しているのは私だけのようだった。

シーンと静まり返っている。耳を澄ましても我が子が泣く声は聞こえてこない。

朝になって看護婦さんが朝食を運んできた。

和食器に並べられた家庭的な食事が並んでいる。聞けばご自宅と同じ食事らしい。個人病院の良さだと思った。

「赤ちゃんは元気？」と質問する私に、彼女は「ええ」と短く答えてくれた。

昼近くなって夫が来てくれた。早速、名前の論争になった。夫にも私にも付けたい名前があったが、その日には決まらず持ち越し。

でも、夫も当然、私の枕元に我が子がいると思って来たのにいないので、拍子抜けをしたようだった。何だか不安になった私は「ねぇ、あなた。息子を見て来て。手とか足とか指が揃っているか？　ちゃんと正常か？」と頼んだ。夫は「そうだね。分かった」と言って、そそくさと見に行ってくれ、すぐに戻って来た。

「大丈夫だよ。ちゃんと手足の指も揃っていたし、ベビーベッドでスヤスヤと寝ていたよ」と報告してくれた。ホッとした私だったが、何か腑に落ちない気もした。


次の日の朝も相変わらず私の隣に息子は来ていない。

その日の午後、夫と私は院長先生に呼ばれた。

「心配なことがあります。あなた方のお子さんは状態が良くなく、当医院では調べられないので、紹介した総合病院に行って下さい」と言われた。中央線の二駅先の大病院にタクシーで向かった。

初めて我が子を腕に抱いた。青白い顔で澄んだ両目で遠くを見つめている。やっと、母になった気がした。

私達の血液も調べられ、総合的な検査の結果が出た。先生は「赤ちゃんは大腸の一部にくびれがあり、そのため、飲んだものを全て吐き出してしまいます。もし、くびれを取る手術をしても九十九%助かりません。残念ながら生存は諦めて下さい。血液不適合も調べましたがそのせいではなく、偶然、そういう因子が妊娠に繋がったのです。若いのですからまた、子供を作って下さいね」と青ざめる私達は諭されたのだった。

医院の方では三日間、水分や母乳を飲まされないため、栄養分をブドウ糖の注射で何とか補ってくれていたのだった。それ故、医院に戻って注射を中止した直後、私達の第一子の息子はこの世を去っていった。

わずか五日間の命だった。

院長先生との相談の結果、「死産」として届け出をした。だから戸籍には残っていない。でも、唯一の生存の証として、夫の郷里である島根県の山の中の林家代々のお墓には小さな石ころのお墓が残っている。

ショックは髪の毛に反映する

朝、起きると枕が濡れている。目の周りは涙が乾いたあとがある。寝ている間に泣いたらしい。一週間ほどそんな日が続いた。
人間は寝ている間にも涙することを初めて知った。辛くても忘れねば、と思った。

その数日後、お風呂で髪の毛を洗ったら、手に髪の毛の束が残った。
水のはけ口が真っ黒な固まりで詰まっている。驚いて鏡を見たら、髪の毛がペッタリとしている。その後もそれは続き、ついに頭髪は1／3までになってしまった。ショックだった。どうしようもなく医者に行ったら、即
「何か辛くてショックなことがありましたか？」
と聞かれた。起こったことを話すと
「気にすると余計に進みます。そのうち、絶対、治るので気にしないように」

納得し安心した。すると嘘のように抜け毛が止まった。

ところが突然、高熱が襲ってきた。三十九度以上の熱が続き、再度、医者に行くと
「風邪ですね。風邪の薬を処方しましょう」

すると母が猛反撃に出た。

「産後ですからこれは腎盂炎《じんうえん》に違いありません。風邪ではこんな高熱はありません」と。

薬学科出出身で、厚生省に勤務の経験がある父の妻であった母は、少しは医学の知識があったのだと思う。医者はムッとした表情で「風邪です」と言い放った。

風邪薬をもらって帰ったが、熱はどんどん上がるばかり。母は急遽、私の夫の車で近くの総合病院に私を連れて行った。結果は
「腎盂炎です。このまま帰らず、すぐに入院して下さい」

夫が急いで車で着替えなど取りに帰り入院した。入院していた五日間はほとんど二日間くらいの意識しかない。朦朧《もうろう》として、意識が戻ったり、また、意識を失ったりで、一時は心配な状態だったらしい。医者は
「危なかったですよ。もう少し、遅く来たら命の危険がありました」

と夫と母に告げたらしい。

子供が亡くなったことを心配した友人や家族や夫の仕事仲間など、連日、我が家に見舞いに来てくれていた。私もそれが嬉しくて、お酒こそ飲まなかったが、料理したり、ゲームしたり夜中まで遊んでいたのが原因だった。疲れでバイ菌が身体をむしばんでしまっていたのだった。忘れたかったのだと思う。

二十三歳の春のことだった。

それから二年後、長男が生まれ、その二年半後、次男が生まれた。その結果、悲しんでいる暇など、全くなくなった。ゆっくり悲しめたのは時間があったせいだった、との「悟り」を開かされた！

男の仕事と女の仕事がぶつかった瞬間

昭和四十二年、東京都住宅供給公社の分譲団地の抽選に当たった。

部屋ごとの募集で部屋によって違いはあったが、その部屋は倍率が三倍。一人目がキャンセルし、二番目だった私達がラッキーにも入居できた。部屋は四階で、五階建てなのでエレベーターはなく、コンクリートの狭い階段を登って四階に辿り着く。

場所は京王線千歳烏山駅から徒歩十分、2Kの四十五平方メートル、価格は七百五十万円だった。今の価格では物価指数で換算すると、大体、一・六〜二倍くらいで千二百万円〜千五百万円の感覚。

夫の親から百万円を借金し、頭金にして十五年ローンで買った。借金は毎月一万円、手紙と一緒に現金封筒で送り、七年間で返済した。

夫の給料はフジテレビの社員だったので五万円ちょっと、長男は生まれているし、ローンはあるし、夫の仕事仲間は沢山遊びに来るし、作詞家としてスタートしていたし、二十四時間が半分の十二時間にしか感じられないほどの余裕のなさで過ぎて行っていた。

夫はその頃、フジテレビのディレクターとして生番組を担当しながら、同時に新人作詞家と認められはじめた時期、必死だったと思う。

甘いおっとりした歌の「夢でいいから」は夫の作詞家としてのデビュー曲。昭和四十三年に発表されたいしだあゆみさんのヒット曲「太陽が泣いている」のB面だ。私もとても好きな美しい曲だ。

この詞が良かったせいか、その後、夫は作詞家の仕事が急増していった。


荻窪の家から引っ越しをして約二年後の梅雨時のある日、その日も朝からずっと、シトシト雨が降っていた。

長男は生まれて約二ヶ月、母乳を飲んで、ピーピー、ギャーギャー、オシッコとウンチをするだけの毎日。オムツは母が縫ってくれた筒状の浴衣生地のものだった。紙オムツもなければ貸オムツもない。赤ん坊はそんなことは構っちゃない。時間に関係なくナチュラルなことをする。

だから、部屋のカーテンレールやあちこちに色彩豊かなオムツが干されている。

いくら洗ったとはいえ、オムツはオムツ。さらに洗濯機の脱水は洗濯したものを二枚のゴムレールの間に挟んで、ハンドルを回しておせんべい状にして絞るあのレトロなもの。水分は残っているし、梅雨時にそう簡単に乾くわけがない。乾いていないオムツを誕生日パーティーのように部屋中に吊るしているのだから、部屋はオムツ臭で蒸れている。

夜遅く帰って来た夫は、部屋に入った途端、

「こんなものを見ていたら、愛だの恋だの書けるか！」

と言って、オムツを掴んで部屋の隅に投げ捨てた。ごもっとも、ごもっとも。

私だってこんな生活臭の中では愛や恋の甘さ、切なさ、辛さなんてイメージできっこない。

でも、赤ん坊の下の世話は母親で女の大事な仕事の一つ。オムツなしでは子供は育てられない。夫は夫で父親で男の仕事で目いっぱい。

男の仕事と女の仕事がぶつかった瞬間だった。

夫はその後、北側の暗くて狭い、布団を敷いたら隙間なしの三畳の部屋にこもるようになった。でも、実はその部屋には四十七年後まで続く未来が存在していたのだ。

その部屋で「サザエさん」のオープニングとエンディングのテーマの作詞をしたのだから。

「お魚くわえた…」
「みんなが笑ってる…」

その後の話

雨の日のオムツの処理法は、人力乾燥機、アイロンをかけることだった。

夫が帰る前の昼間の作業だ。

畳の上に平たいアイロン台を置き、その横に濡れたオムツを長方形に重ねて並べ、一枚一枚、シュワーッと音をさせながら乾かしていく。結構、手間が掛かる。でも、乾燥機のない時代、これが最良の方法だった。

考えてみると、経験上、家で仕事をする夫を持つと妻は我慢を強いられる場合が多いと思う。

例として、夫から
「明日までに作詞を五編書かなければならない」

なんて言われてしまうと、子供を泣かすわけにはいかない。すると、夜中に生まれたばかりの次男をおんぶ紐でおぶい、揺らしてよしよしとあやし、長男の手を引いて団地をさまよい歩くことになる。

団地はさまよい歩くには不適切な場所だ。同じ形の棟がズラリと並んでいて見ても少しも面白くない。今のようにコンビニもなく、暗くて、他の店もない。ただただ、鼻歌など歌いながら歩くだけ。長男も状況を理解しているのか、文句を言わずに歩いてくれる。

数々の棟の窓の明かりを眺めながら歩いていると、同じに見える棟の同じ部屋の中にも色々な人生が潜んでいるのか？　また、どんな人達がどんな生活をしているのか？　どんな会話をしているのか？　などと想像するのは私にとってはとても興味深かった。

携帯などなかったから、そろそろ終わっているかな？と思って家に戻ってみると、夫はまだ、目を吊り上げて作詞の作業に没頭している。黙って、再度、さまよい歩く、ということも多かった。

ただ、楽天的な私には悲壮感はなかった。この問題は家の狭さにあると思ったので、将来、広い家に住みたい！と心底思っていた。

ところが、摩訶不思議《まかふしぎ》、数年後にその望みが叶えられたのだった！

漫画本「サザエさん」を五冊買ってこい

テレビディレクターとしての本名は「林　良三」、作詞家としてのペンネームの「林春生」。先生筋に当たる作詞家の「橋本　淳」氏が付けてくれた名前だった。

通常、曲作りには二通りある。作詞が先の場合と作曲が先の場合だ。曲が先に出来ている場合には、音の流れに合う言葉を使用しなければならないので苦労する。

近年は曲作りのツールも多数販売されていて、誰でも自己の感性を使って、詞を作り作曲もするので、プロの作家との観念が変化している。

以前は例えば一〇曲作る場合は半々で曲が先、詞が先のような場合も多かった。

ただ、「サザエさん」については作詞が先だったと思う。作曲は大ヒットメーカーの筒美京平氏。詞も分かり易く、曲も覚えやすい。

ただ、どのような経緯でこの作詞を依頼されたのか、未だに不明だ。

ある日、夫は私に漫画本「サザエさん」を五冊買ってこい、と言った。

当時、住んでいた京王線の千歳烏山駅の本屋さんに行って、適当に五冊選んで持ち帰った。夫はその五冊を三日間、寝転がって、ず～っと読んでいた。悩んだ様子はなく、楽し気に読んでいた気がする。

水性ペンで黒の水玉模様ができていた布団の上で、腹ばいになり、「サザエさん」のオープニングとエンディングのテーマの詞を完成させた。

夫はテレビディレクターが本業、作詞はセカンドジョブだったが、数曲ヒット曲がある。「京都の恋」「京都慕情」渚ゆう子、「雨の御堂筋」欧陽菲菲、「GO！ GO！ トリトン」ヒデ夕樹、「白いギター」チェリッシュなどがある。

そんな夫が書いた「サザエさん」のテーマ曲が四十七年に亘って使われるなんて、夢のようだ！

いその

第三部

さまよい歩きからの脱出

夫の作詞した曲が売れてくると、それに従って印税が入ってくるようになった。

これは夜中の「さまよい歩き脱出のチャンス!」だと思った。

住んでいた団地は分譲だったので、早速、買手探しをすると意外にも簡単に見つかった。同じ階段の二階に住む知人が買うと言ってくれたのだ。子供がいて、来客が多かったが、割合、汚さず住んでいたので気に入ってくれたのだった。価格は買った値段より少し高めで折り合いが付いた。お互いに信用し合っていたので、

「不動産屋に手数料を払うのはもったいないわねえ」

と意気投合。契約書を書店で買い込み、見本を見ながら作成し、押印して交換した。彼等は私が住んでいる四階に移り、二階には母親を住まわせるとの親孝行の話で、私たちにとっても願ってもない話だった。書類交換後、彼等は間をおかず、すぐに入金をしてくれていた。

それからが私の挑戦だ。

それッ、とばかりその契約書をしっかり持って、二人の子供を引き連れて渋谷の大手銀行へと足を運ぶ。ローンの係に面会を申し込み、売買契約書と通帳を見せた。

「この団地の売買金を頭金として世田谷区の渋谷に近いマンションを買いたいんですが……」と伝えた。すると

「書類はそれだけですか?」と目をむく銀行員。

「はい、今のところは」と私。

相当、面食らったようで、一瞬、言葉を失ったようにも見えたが、気を取り直して親切に相談に乗ってくれた。

目を付けていたマンションは世田谷区池尻に建つ、伊藤忠ハウジングの新築マンションだ。夫には内緒で密かに探し回っていたので、話は早かった。銀行員はローン審査への必要書類を口頭で並べ立てた。

不安に思いながら夫に相談すると、躊躇なく賛成してくれたが、

「俺は一切、手伝わないから、すべてお前がやれ」だった。

仕事の経験がなかった私はそれからが大変だった。銀行員の指導に従って、沢山の書類を用意した。

収入の証明はフジテレビからの給料と局から許可を受け、続けていた作詞のサイドジョブの収入だった。二つを合わせてローンの申請をし、無事に審査は通過した。全ての書類が揃い、最後に夫の署名のみが必要になった時、初めて夫は銀行に赴いた。

「ここに署名するのか？」と聞いてくる。

「はい。お願いします」と私はボールペンを渡す。

夫は内容も見ないで署名をし、押印。そして、サッサと車で仕事に向かって行った。


マンションの部屋数は三つ、広さは九十五平方メートル。洋間が二つと和室が一つ、当時では珍しい広さの十六畳のリビングもあった。

やっと、夫専用の絨毯敷きの六畳の部屋ができた。子供部屋には二段ベッドを入れ、私は夫の部屋から離れている八畳の和室で寝ることとなった。

ディレクター業と作詞業のダブルでますます忙しくなった夫は、ドアを閉めた部屋で仕事に没頭していった。

念願だった広いマンションに引っ越し、夜中のさまよいは解消された。ただ、以前は部屋が狭かったので、夫はいつも手の届く目の前にいた。

夫はその頃、作詞家として、立て続けにヒットを出していた。

アメリカのインストルメンタル・バンドのベンチャーズ作曲の「京都の恋」、「京都慕情」（渚ゆう子）、さらに「雨の御堂筋」（欧陽菲菲）などは百万枚を超える大ヒットとなっていた。

しかし、家の中では考えもしなかった現象が起きてきていた。人が来ていない時、夫は厚いドアを閉めた部屋に入りきりになり、その分、夫との接点が減り、さらにお客様の数が倍増し、私の寝不足の日々がやってきた。

明らかに、誰でもが歌える昭和のヒット曲。家庭の幸せを象徴する歌詞、「狭いながらも楽しい我が家〜♪」

の感じは薄れていき、夫との距離が離れていったのは確かだった。

この歌「My Blue Heaven（私の青空）」は一九二七年アメリカでジーン・オースティンが歌って五百万枚を売り上げて大ヒットし、日本では「エノケン」が特徴ある渋い声で「私の青空」の訳詞で歌い有名になった。

「エノケン」とは「榎本健一」のこと、普通は「エノケン」で通じる。

エノケンは明治三十七年（一九〇四年）生まれの浅草出身の一世を風靡したコメディアンで、歌手で、俳優だ。「喜劇王」と呼ばれ、六十六歳で亡くなるまで、多くの映画や舞台で活躍した。

子供の頃、ラジオから頻繁に流れてきて、散々、聴いた歌だ。だから七十年近く経っても「狭いながらも……」と来れば、

「楽しい我が家～♪」

と自然に出てきてしまうほど日本中に浸透した歌だった。

家族の団欒と夕暮れに家路へと向かうひとときを唄っている歌なのだが、そのほっこりとした暖かさがいつまでも心に響き、そして、耳に残る歌だと思う。

「私の青空」　My Blue Heaven（1927）
作詞：George Whiting、作曲：Walter Donaldson
日本語詞：堀内敬三、唄：二村定一／榎本健一

夕暮れに仰ぎ見る　輝く青空

日暮れて辿《たど》るは　我が家の細道
せまいながらも　楽しい我が家
愛の灯影《ほかげ》の　さすところ
恋しい家こそ　私の青空（繰り返し）

もしかしたら、家の広さと人間関係には相関性があるのだろうか？

「私の青空」エノケン

家飲み派

「こんばんは～」
「奥さん、遅くにすみません！」

我が家に五人の若者が、深夜の二時過ぎに夫と共に玄関から入ってきた。玄関の三和土《たたき》には当時、流行っていたロンドンブーツがズラッと並ぶ。

新宿の河田町にあったフジテレビのスタジオで番組の収録が終わり、その足でディレクターの夫がスタッフを我が家に連れてきたのだ。皆、サラリーマンなのだが、世間の一般的なサラリーマンからは程遠い恰好。清潔感の漂うヒッピーとでも言ったら良いのだろうか？

全員腹ペコ、飲みたい気分らしい。そこで深夜にも拘わらず、私の出番。肉炒めやキュウリのタタキや漬物や炒飯などを並べる。勿論、氷と水と、皆が好きなサントリーオールド、通称「ダルマ」を出す。
ある夜、中の一人に「ジャック・ダニエル」を頼まれた。

「ダック・ジャニエルですね?」

私が確かめ
「すみません。今、ないので、今度、買っておきますね」

と言うと、

「ダック・ジャニエルねぇ。ハハハ!」

目を白黒させて大笑い。

「奥さん。ダック・ジャニエルじゃなくて、ジャック・ダニエルですよ」と教えてくれる。

父がお酒を一切飲まず、酒類に関係ない家庭で育った私は、「ジャック・ダニエル」など見たことも聞いたこともなかった。そのため、最初は何で笑われているか分からず、「ポカーンッ」としてしまい、理解するまで少し時間が掛かった。その人はその後も来る度にニヤッとして、

「奥さん。今夜も、ダック・ジャニエルをよろしく」

とイタズラ目で頼まれていた。

ダック・ジャニエル？

その頃のテレビ局やプロダクションやレコード会社からの来客達はとても愉快で自由な雰囲気の人が多く、芸能界の裏話なども聞けて、興味はそそられるし、決して退屈しなかった。広い居間は、毎回、熱気と笑いに包まれていた。

実は夫は、今でいう「家飲み派」に属していた。

外で飲んでも決して酔わなかった夫。酔っぱらった風に帰ってきたのは三十年間の結婚生活ではたったの一度だけ。

「外飲み」は高額な料金を払わなければならない。居並ぶ着飾った女性からの誉め言葉は信用できない。お酒を注がれるのも好きではない。実のない話もイヤ。勿論、これは好き嫌いの問題。しかし、元来は熱の入ったトークやウィットに富んだやり取りが大好きなタチ。それを自宅の居間に移し、仕事仲間と家の手料理を食べ、飲みながらテレビ界やレコード界に対する意見交換を真剣にする、そして、その傍ら、麻雀やモノポリーやオセロなど、あらゆる流行りのゲームを夢中で遊ぶ。

これが夫の好みの生活スタイルだった。

そのため、「ダルマ」は一ダース十二本入りで酒屋さんに配達してもらっていた。

ある時、近所のお肉屋さんに真顔で尋ねられたことがある。

「失礼ですが、一体、お宅は何人家族なのですか?」と。

私が「その牛肉二キロ下さい」とか、「豚肉三キロ下さい」とか頼むからだった。聞かれた私は「う~ん。客人が多いので……」と確か答えたと思うが、無理のない疑問。冷蔵庫、冷凍庫はいつも肉や野菜で満杯状態だった。

その頃の朝模様。

全員、散々、食べて飲んで居間で眠りこけて、昼前に目を覚まして帰って行く。だから、居間の奥で寝ていた息子達は朝起きると、必然的に眠っている彼らを跨がなければ部屋を移動できない。ソーっと彼らの身体の上を通り越すが、たまに誰かが目を覚まして、

「ボク達、オハヨ!」

などと寝ぼけ眼《まなこ》で声を掛ける。

「おはようございます」

返事をしても、また、すぐ寝てしまう。

二人は静かに朝ごはんを食べて、幼稚園バスに向かう。こんなことは頻繁だったから、驚きもせず慣れたものだった。

もう、現在では四十代半ばを過ぎ、髭面の息子達も今でもその時のことを懐かしそうに話す。

私はと言えば、朝の四時頃に寝て、三時間だけ寝て七時に起き、息子達の二人分のお弁当を作り、幼稚園バスに乗せる。若者が次々と帰って行った後は、夫の遅めの朝食を用意し一緒に食べて、そして、仕事に送り出し、急いで買い物に走る。しかし、すぐに子供達が幼稚園から帰ってきてしまう。子供の友達も遊びに来て、あっという間に家中が散らかる。でも、遊んでいてくれる間に子供用の夕食を作り、食べさせてお風呂に入れて寝かせる。夫が帰る前にはまた、訪問客があるかもしれないので急いで片付ける。

夫は辛くないカレーやハンバーグなど、子供用の食事は決して食べなかったから、毎日、子供用と大人用の二種類の夕食を作っていた。夕方、少しでも時間ができると、眠くて仕方がない私は壁にもたれたまま寝てしまい、子供に起こされる。夜は夜で、布団に横になった時には、掛布団を顎の下まで上げる前に寝てしまう始末だった。

このようなイレギュラーな生活スタイルで、夫の「関白宣言」通りの「おもてなし」は、二十代、三十代で、とても若かったからできたのだと今だから分かる。「人間大好き」の両親から生まれた私。今、思い返せば、大変だったが楽しい日々でもあった。「千客万来《せんきゃくばんらい》」は大歓迎。ただ、毎回、どうしようもないほどの寝不足だった！

腰くだけの答え

ある夜、テレビ局やレコード会社の方が遊びに来て、食事をして、お酒をのみながら、大きな食卓を囲んでワイワイ騒いでいた。

するると、中の一人が突然、冗談のように、

「林さんちは離婚するんだよね～。ねえ、奥さん」

空気が固まった。

「お前、バカか！」

同僚が叱責する。言い放った人に視線が集中した。

「すみません。バカでした！」

言ってしまった人は小さくなっている。

「えッ、そうなの？」

私は驚いて夫の顔を見る。急いで他の人が話題を変えた。

その深夜、全員が帰った時、この時と思ったのか、夫が「もし、離婚するならいくら欲しい？」と聞いてきた。

全く現実的に考えていなかった私は、即、

「十円でいいや！」

とのん気に答えた。

夫にとってそれは予想を超越した答えだったらしい。一瞬、理解ができず、困った表情で、腰くだけの感じ。そのまま話を続けられなくなってしまったようで、その日はそれで終わった。

この時、普通なら夫の芯が真面目な性格や、普段の行動から「これはおかしいぞ。何かあるのかもしれない」と気付くのが普通。ただ、結婚後も無断外泊は一度もなかったし、のん気な私は、スラーっとやり過ごしてしまったのだった。

夫と私は下宿人と下宿屋の娘のカップル。

「そろそろ結婚しようかな?と思ったら、目の前に私がいた」とは夫の弁。

結婚の動機は、私は「ロマン」、それに反してどうやら夫は「実質」だったらしい。

その頃、男性は二十七歳が結婚適齢期と言われ、例えば、銀行勤めの人が結婚しないとか、さらには離婚をしてしまったら、絶対、出世はない、と巷《ちまた》では囁かれていた。女性は二十五歳を過ぎたら、親からも世間からも「行き遅れ」とも言われる風潮。今では信じられないような時代だった。

私の方はその頃でも早めの二十歳で婚約、二十二歳で実家から出ていたから、ある意味、男女関係にはほとんど無菌状態で結婚してしまっていたのだ。

そんなこんなで疑うことを知らなかった私は、夫の問いかけは本当に冗談だと思っていた。

見てはならないものを見てしまった！

事の発端は、ある時、カセットテープが必要になり手持ちがなかったので、夫の部屋に入り仕事用の机の引き出しを開けて探していた時のこと。テープは見つけたが、同時に女性の字の手紙を発見。見るからにそれはただの手紙ではなさそうだった。

恐る恐る開けて読んでみると、それは明らかに夫への愛を綴った手紙だった。

簡単に言ってしまえば「愛しています。離婚を決心してくれて嬉しい。早く一緒に暮らしたい」と書いてある。夫の心が別の人に移ってしまっているのが瞬時、分かってしまう内容。それは浮気とはとても言えず、本気のようだった。

衝撃を受けた私は家にはいられず、身の回りの物を少しだけ持ち、二人の息子を連れて家出をした。

高速道路から見えるホテルの部屋。夕方、チェックインをし、ベッドに座ったまま何時間も過ぎていった。部屋の外には夕闇が迫ってきていた。頭脳が麻痺し、正常な思考は停止状態になっていて、ロジックとはかけ離れた状況だった。

「死んだ方がマシ」の気分になっていて、「私が死ぬのは良いけれど、子供達を連れていったら可哀相だし、置いていって母親がいないのも可哀相だし……」

そんなことばかり考えて意識は堂々巡り。絶望感と悲しさと生きる辛さが渦巻いて、心は一歩、死に近づいていた。

部屋の電気も付けず、暗く虚ろな眼をしてジッと座っている私は息子達にとって非常に怖かったと想像する。その間、二人は言葉も発せず、暗い部屋で私を見つめて座ったままだった。


数時間後、夫と母が迎えに来た。

母には起こったことは告げて家を出ていた。しかし、ホテルの名前を告げていなかった。母があわてて何とか夫に連絡を取り、その時は分からなかったが、夫は片端から主要なホテルに電話して見つけたのかもしれない。暗い部屋の中に三人で座っている状態は異常な雰囲気だったと思う。

子供達は夫と母が来てくれて、きっと、ホッとしたと思う。夫は

「ともかく、一度、家に戻ってくれ」と言い、孫を可愛がっていた母は私の雰囲気を察し、「バカなことを考えるんじゃない」と叱る。

私もやっと冷静さを取り戻し、全員で夫の車に乗って、家に向かった。

家に戻った私はその次の日から高熱を出し、三日間、寝込んで起き上がれなかった。

一般的には、所謂「浮気」は浮いた気持ちが浮遊している状態だと思う。よって、浮いた心は、いつかはどこかにフワフワと飛んで行ってしまう可能性がある。でも、「本気」は本当の気持ち、地についている。だから妻にとってはこの方が心は傷つくし、ずっと厄介だ。

上手い聞き方

夫が先に沈黙を破った。

正座をし、私の方を真っすぐ見つめ、眼を見ながら淡々と話し始めた。

「確かに本気の相手がいた。ただ、子供はどこにいても育つ。これは俺とお前の問題だ。相手とは、もう、別れたし、俺はまだ、お前と暮らしていきたい。お前はどうなんだ？」

と聞いてきた。

上手い聞き方だった。

「う～ん。三日間、考えさせてください」が私の返事。

三日後のその日、崩していた体調も回復したので、いよいよ話さなければならない時が来たと思った。

「話をしたい」

遅く帰ってきた夫に言う。
和室に二枚の座布団を敷き、
「そこにどうぞ」と硬い声で促し、向き合って座った。
私の心は既に決まっていた。
私が「離婚しましょう」ともしも、切り出す。
すると夫が
「分かった。でも、子供はどうする?」
まず、子供のことを持ち出したら「余地なく離婚」、が私なりの「決め」だった。
私の考えは
「子供も重要だが、これは夫婦の問題。子供への愛情は何があっても変わらないから、夫婦の問題をまず、解決する。それから子供のことを考えよう」だった。
夫の言葉には
「やられた!」
とは思ったが、悩みに悩んだ末、三日後に出した答えは
「もう一度、この人と結婚したのだ、と思うようにする」だった。

そして、私も二度とこの話を持ち出したり、相手のことを聞いたり、夫を責めたりしない、と心に誓った。

長い間、モヤモヤした気持ちはあったが、生涯、この誓いは守り抜くことができた。私なりの夫への思いと感謝の気持ちだったから……

恐怖のホテル

そんなことがあった後の休日の昼間、家族全員で車に乗り高速道路を快適に走っていた。カーブに差しかかると景色の中に例のホテルが見えてきた。外を眺めていた二人の息子が気付き、横を通過すると同時に、車の後部座席から声を揃えて無邪気に大声で叫んだ。

「あッ、恐怖のホテルだ！」と。

瞬間、車の中の空気が凍りつく。ハンドルを握る夫の手に力が入り、横を見ずに前方を睨んでいる。それからの家族ドライブの時、夫は高速道路を使わず遠回りをするようになってしまった。

これくらいの騒動、世の中では珍しくもなく、よくある話の部類に入る。でも、どちらかと言えば男女関係に無菌状態に近く育った私は衝撃的なダメージを受けてしまったのだ。しかし、話し合いも済み、時間の経過と共に、ギクシャクしながらも夫婦関係は普通に戻りつつあると思ってはいた。ところが……

数週間後の夏の早い夜、私は居間でノースリーブを着て掃除機を掛けていた。音が大きかったので、玄関の音が聴こえず、夫が帰ってきたことに気が付かなかった。以前より早めに帰るようになった夫だった。

何か気配を感じて顔を上げたら、夫が目の前に立っていた。

「ギョッ」として、後ずさりする。

すぐさま身体が反応した。

全身に鳥肌が立ってしまったのだ！

身体は正直だった。心は許したつもりでも身体は許してなかったのだ。その様子を見た夫も相当、驚いたようだった。想像していた以上の私の心の傷の深さを知ったのだった。

改めて身体も心も普通の夫婦に戻れたのには約一年近く掛かってしまった。

「雨降って地固まる」を地で行くような展開だった！

大変身！

夫、四十二歳、私、三十六歳、長男、八歳、次男六歳の時の家庭内波乱。
しかし、取り敢えず、波乱は収まり、気分一新、新しい生活が始まっていた。
それまでの夫の行動および状態は、
家は仕事の延長で、私は秘書兼家庭内ホステス
子供に興味がなく、遊ばない
男性用のブランドで目一杯のオシャレ
高級外車を乗り回す
外ではまるで独身のように振る舞う
以上が夫の通常の姿。イケメンで、テレビマンで、作詞家で、話が面白くお金がある。
モテモテの条件は揃っていた。

その夫が学校から帰ってきた息子達に
「キャッチボールをしようか?」

グローブとボールを手にし、問いかける。

それまでは親戚の叔父や家に来た人としかキャッチボールをしたことがなかった息子達。

「えッ、いいの?」

驚いて父親の顔を見る。

さらに遊園地にも行き、子供用の電気自動車に一緒に乗り、運転の仕方を教えていた。

父親と遊んだ記憶がない息子達は、最初のうちは戸惑っていたようだが、そこはやはり親子、時間と共に自然に楽しそうに遊ぶようになっていった。

そして、私にも、突然、「ハワイに行こうか?」と聞いてきた。

夢のハワイ旅行!

「着ていく服がない」とクレームする私に、旅行用の洋服もデパートに一緒に買いに行った。また、「お母さんも誘いなさい」と大サービス。

家族で旅行をしたこともなかった夫が、ハワイ旅行だ。

日に日に、模範的な良い父&夫になっていった。

驚きの大変身だ！

「お父さん、最近、優しいね。嬉しい？」

私が聞くと
二人の息子は揃って「うん」と頷いていた。

家族にとって嬉しい変身だったが、ただ、あまりの急な変貌に違和感があり、子供達と共にかなり、戸惑ってもいた。

宇宙人襲来か？

私の違和感はこれだった！　と思わず膝を叩いてしまった。

「人間、そんなに急に変われるものだろうか？」の疑問が起きていたからだ。

それはアメリカのＳＦ作家、ジャック・フィニー原作のアメリカ映画「ボディー・スナッチャー（「恐怖の街」）」だ。

私の違和感に対する納得の正体は、この映画のあらすじによるもの。初版は日本公開がなく、リメイク版は日本では昭和三十六年（一九七九年）十月に公開されているＳＦ映画。ただ、その映画の宣伝ポスターには宇宙船と緑の豆の大きなサヤが描かれ、人々が逃げまどっていた。

映画の舞台は、とあるアメリカの小さな田舎町。

ある時、出張から家に戻った主人公の医者のマイルズは町に何かの違和感を覚える。以前の恋人も、町の人達が変だというのだ。外側はどう見てもその人、でも、何かが変なのだ。調べて行くうちに、宇宙人が地球の人間を乗っ取ってしまっているのではないか？との疑問が起こってきた。空から降りて来た宇宙人が、人間が眠っている間に記憶を吸い取り、身体と心に入り込み、その人に成り代わってしまったことが分かってくる、というサイエンス・フィクションの話。

かなり怖い話だ。

ただ、私にはそんなストーリーがその頃の夫にピッタリきたのだった。

私の父は生前、ＳＦ小説がとても好きだった。その影響で私もＳＦ好き。「ＳＦの父」と呼ばれた十九世紀のフランスの小説家、ジュール・ヴェルヌ原作のアメリカ映画「地底探検」（一九五九年制作）の再上映も、渋谷の東急文化会館四階の「パンテオン」に子供を連れて見に行っていた。だから、この映画「ＳＦ／ボディ・スナッチャー（「恐怖の街」）」を知った時は「面白そうだ」と思い、すぐに見に行った。ただ、あらすじを深く知っていたわけではなかった。夫に対し、

「どうしちゃったの、この人？」

みたいな状態で偶然、この映画を見てしまったのだった。

映画を見た数日後。

何回もジ〜ッと夫を見つめる私。上から下まで見直してしまう私。

「何？」と毎回、不思議そうな顔をする夫。

「別に」と返事をする私。

ただ、映画の内容を重ね合わせ、まさか！と思いながらも

「本当にこの人、外側は同じで、中身は良い宇宙人になってしまったのではないか？」と疑ってしまう。夫の場合は映画と違って、「良い変化」だったが、そんなおかしな疑問が湧くほどの大変化だった。

大袈裟に言えばだが、ショック療法が効いて、確かな「家族愛」が芽生えたのかもしれない。

最近はＡＩ（人工知能）の機能が人間を追いかけてきてはいるが、まだまだ、人間が自然に備わっている五感をフル回転させることで、コンピューター以上の分析能力を発揮で

きると信じている。

見た目は同じでも、感覚的に「何かが変！」を感じる優れた能力。この映画はその点を鋭く突いた秀逸な作品だった。

アイツに乗り移ろう！

✿花丸をもらってきた息子

ある日、長男の生馬が小学校二年生時の作文で✿（花丸）をもらってきた。

作文の内容は「お父さんがつくったそば（蕎麦）」。

優しい父親として家で初の家族作業、手打ち蕎麦だ。

わさびは値の張る生わさびを買い、柚子は皮を使用するので、ツヤの良いのを選んで買ってあった。蕎麦粉は青山一丁目に古くからある日本蕎麦屋に譲ってもらった新鮮な粉だ。下打ち粉もある。重さを測る小さな測りも用意した。大工さんに頼んで粉を伸ばすための大きめの木の麺打ち台も作ってもらった。

ナショナル製（現・パナソニック）の「麺パン器　ＭＫ５００Ｓ」は元々、餅を作る器械だが、麺打ちもできる優れもの。昭和五十年末頃に発売された器械で親戚と一緒に二台購入。

その器械は餅だけではなく蕎麦もうどんも作れるが、その日は家族で夫の好きな蕎麦を打つことになった。

取扱説明書を読み、

「さあ、蕎麦を作るぞ！」

意気込む夫。

用意万端、失敗はないと自信満々。

作り方は蕎麦粉八割、小麦粉二割を測る。それを器械の鉢型の器に入れ、分量の水を足す。今回は柚子の皮を擦り下ろして加えている。セットした器の中で「ゴットン、ゴットン」と自動的に打つと、粉は小さなボール状になる。それを用意した麺打ち台の上で綿棒を使って伸ばし、板状にし、カッターに通して切ると出来上がる。

美味しい柚子の香りがする蕎麦が食べられると、期待に胸が膨らむ。

「出来た！」

皿の上には蕎麦色の蕎麦が数十本も横に美しく列状に並べられている。蕎麦を茹でるために買った大鍋には満杯のお湯が沸騰している。その中にそっと蕎麦を入れて茹でる。後は氷水で〆たら完成。タレは削り節と昆布と醤油とみりんで作ってある。

四人の眼が鍋の中に集中する。

「えッ。なんだ、これは？」

夫が驚いた声を出す。

フワーッと鍋の下から上がってきた蕎麦は、短くなって湯の中を泳いでいて、長い蕎麦は一本もない。全部、一～二センチに切れ切れになっている。素人考えで、擦って入れた柚子の皮のツブツブがつなぎの役目を邪魔したのが原因だった。期待した柚子の香りも、茹でたらどこかに飛んでいってしまっている。

息子の作文は
「昨日、お父さんがおそばを作った。お父さんが作ったおそばは短くて、おはしで食べられなかった。だからぼくとおとうとはおそばをスプーンで食べた。でも、おいしかった」
だった。先生は
「つぎはおはしで食べられるとよいですね」と書いてくれ、✿（花丸）を付けてくれた。
二回目以降は見事に成功！　スプーンは使わず、お箸で美味しく食べられた。
ただ、スプーンで蕎麦を食べたのは、後にも先にもこの時だけだった！

この器械にまつわるすごい話。

実は四十年以上経った今もまだ、毎年、大晦日には親戚や友達など、三～四家族が集まり、この二台の器械を使って年越しの蕎麦打ちをしている。

自分の自慢の蕎麦粉を持ってきて、順番にそばを打つ。美味しかったり、不味かったり。「どうだ！」のドヤ顔だったり、上手く行かなくて蕎麦にはならず、蕎麦がきになってしまったり。

だが、これは毎年の年越しの行事になっていて、色々な種類の蕎麦を順番に食べるのが習わしだ。そして、満腹になり一段落すると、皆で十二時に向かってカウントダウンをする。

「ピッ、ピッ、ピッ、ピッ、ポーン」

十二時になった。

「明けましておめでとう！」

「おめでとう！」

「今年もよろしく！」

と全員でエールの交換。

新しい年が始まる。

この器械は今も健在なのに、毎度、大張り切りで蕎麦を打っていた夫や次兄の三太や義兄も、もう、この世にいない。ただ、世代交代の若いメンバーで大晦日の「蕎麦打ち」は続けていてくれている。この後、是非、第三世代の孫達にも引き継いでもらいたいと願っている。

近年、器械の中の粉を打つための取り外し可能な大事な「羽根」を一つ紛失してしまった。ゴミと一緒に捨ててしまったらしい。勿論、とっくに製造は中止している代物。パーツがあるわけがない。「羽根」がなければ作れないから、面倒だが一つの「羽根」を交互に使うしか手はない、と諦めた。すると、IT系の甥がもう一つの羽根を模して同じものを作って持ってきた。

3Dプリンターで作ったのだ!

何というすごくて自在で便利な世の中になったものだと思う。

考えてみれば、このレトロな器械は椙山家の歴史の中の一種の宝物かもしれない。

そして、サザエさんの街「桜新町」へ

「はーい。写すわよ。笑って～」

あちこちにある「サザエさん一家」の銅像の前で、訪れた人々がスマホをかざして写真を撮り、送信している。

今や世田谷区の名所の一つになっているのが「桜新町」。

二十数年前まで住んでいた私には驚きの光景だ。

以前は東急田園都市線の駅でも典型的な住宅街の一つでマンションは少なく、手入れの行き届いた一軒家が点在し、駅前の八重桜の並木が美しい静かな街だった。昔からある魚屋さん、うなぎ屋さん、洋菓子&和菓子屋さん、時計屋さん、布団屋さん、金物屋さんなど旧い店が多く、八重桜以外では話題に上ることは余りない街だった。今はアパートやマンションが立ち並び、乗降客数も非常に多い。

「サザエさん」通りの一家の銅像

昭和五十年（一九七五年）の初め、「桜新町」の駅から徒歩十三分の大きなお屋敷跡に東急不動産が大規模なマンションを建てる、という噂が耳に入ってきた。好奇心の強い私は早速、見に行くと木々に囲まれ、石垣の塀がある高級感があるしっかりしたマンションだった。

世の中は不動産投資ブームの嵐が長期に亘って吹き荒れていて、七年間住んだ池尻のマンションを購買時の倍の価格で売却することができた。それを頭金とし十五年のローンを組み、吸い寄せられるように引っ越しをした。

息子達の小学校は道を渡ったところ、友達もたくさんできて、広い居間があり、いつもウエルカムの我が家は放課後の集合場所になっていった。

夫はどちらかと言えば「新しもの好き」。特に機械的なものに対しては経済的に許せば買いたくなるタチ。

一九七九年、日本電気株式会社（現ＮＥＣ）が画期的なパソコンを発売した。世の中に衝撃を与えたその名もユニークな「PC−8001」。夫は早速、買い込んだ。

本体の価格は十六万九千円。当時のサラリーマンの初任給は十一万円前後。それと比較すると相当な高額だ。本体はキーボード付き、その他オプションとしてプリンタ、カセットテープレコーダー、モニター、後の三・五インチフロッピーディスクなど付属品を購入すると三十万円近くになっていた。ただ、買った本人はほとんど触らず、息子達とその友達は大喜び。

居間に置いたパソコンの前に子供達が群がっている。男の子だけだが、皆、動く画面を見ながら

「スゲ〜、スゲ〜」の連発。

「次は俺」、「そろそろ代われよ」

順番に仲良く遊ぶ。

今、思えば簡単なゲームなのに夢中で遊んでいたようだ。成長して、息子二人はＩＴ系には進まなかったが、お陰でＩＴ音痴にはならずに済んだ。遊んでいた中の二人は結局、

ＩＴ系を仕事に選んでいて、源は我が家のパソコンだったそうだ。

その頃、夫は作詞業を続けてはいたが、ディレクター業が主になってきていて、フリーランスのディレクターとしてバラエティーを多く手掛けていた。

フジテレビ系列では、山城新伍の司会でクイズ番組「アイアイゲーム」、後の萩本欽一司会で石田純一も出演していた「ＴＶプレイバック」、テレビ東京の高視聴率を獲得していた「三波伸介の凸凹大学校」、などを作っていた。

ＴＶ漫画の「サザエさん」はまだ、放映が開始されてから十年。夫の作詞の歌が使用されてからは約五年、所謂、「長寿番組」の域には程遠かったから、意識のなかでは今ほどの重さは感じていなかった。

ただ、桜新町に「サザエさん」の会社「姉妹社」があることは引っ越した後に夫から聞いて知っていたがどこにあるかも知らず、何年間も過ごしていた。

昭和六十年代（一九八五年〜）に入ったある日、駅の近くを散策していたら、国道二四六号線に出る道の途中に明るい茶色の高そうなレンガを使った建物が目に入った。

「何か、すごい建物だなあ」が初印象。とても目につく建物。

それが「長谷川町子美術館」だった。

「桜新町」は十七年間住んだ場所。夫もとても好きだった街だし、三十年の結婚生活の半分以上は桜新町に住んだことになる。そして、十年前には夫の故郷の島根県松江市にある林家のお墓から分骨して夫自身のお墓も作った。

もうすぐ放送開始から半世紀を迎えるTV漫画「サザエさん」。未だに歌を使用してくれているのは名誉なことと感謝している。

お墓を造る打ち合わせをしている時、お墓屋さんはノリが良く
「右上にお魚をくわえたドラ猫も彫りましょうか?」

と提案してくれた。私は
「面白いですね～。でも、ペットの猫のお墓と間違えられるので、それは止めておきます」

と返事。しかし、墓石には義兄の字で書かれた「サザエさん」の歌の一節が刻んであり、その下に「林家」と入っている。

「桜新町」は私にとって何とも縁が深い街。今は世田谷区祖師谷大蔵にいるが、将来、また、古巣の「桜新町」に戻りたいと願っている。

関白宣言＋α《アルファ》

結婚前の六項目の関白宣言。
1．メシと味噌汁と漬物は美味しいものを食わせろ
2．何時でも何人でも人を連れて帰ったら歓迎しろ
3．口答えはするな
4．俺より先に寝るな
5．俺より先に起きろ
6．子供は男子二人
後日、もう一つ、関白宣言が追加された。
そのα《アルファ》は、「結婚しても仕事はするな」だった。
昭和四十年代は仕事に就く女性も総合職は少なく、多くは簡単な事務職だけで、世間で

は「お茶汲み」と言われ、なかなか重要な仕事は任されていなかったのが実情。世の中、女性の能力を要求もしなければ、その高さを知ろうとは思わなかったらしい。

戦後二十数年も経ち、昭和四十年代（一九六五年〜）になっていても、「男は外で働き、女は家の中を守る」のワンパターンが続いていた。少しずつ崩れかけてきてはいたが、まだまだ、世間的観念はそれが当たり前だった。

昔から大人がよく子供に聞く質問は
「大人になったら何になりたいの？」

一般的に男の子は「ボク、電車の運転手になるんだ」などと答える。

その他、おまわりさん、パイロットがトップスリーに入ると思う。それに対し女の子は「私はお嫁さんになるの」と答えるのが定番だった。

少しの間、簡単な仕事に就いて、お見合いをし、二十五歳前に結婚する、が年頃の女性の典型的で正当な道筋。

私もその中の一人で、仕事には就かなかったが、結婚して「お嫁さん」になるのが嬉しくてたまらなかった。そのため、「結婚しても仕事はするな」の夫の言葉に何の疑問も抱かないし、良い「お嫁さん」にならねば、と普通に思っていた。

でも、どうやらその時、自分でも気付いていなかったが、意識の奥底には仕事に対する情念などのようなものは存在していたらしい。

その思いは年齢を重ねるのと共に徐々に醸成されていったのだと思う。そして、四十五歳になり、時期が到来した。

働き始めてみると、
①自分でお金を稼ぐ楽しさ
②外の世界の動きが見られる
③仕事の成果が分かる
④違った範疇の人に会える
など、専業主婦には欠けている部分が山のように存在していた。

つまり、仕事の魅力を知ってしまったのだ！

毎日、仕事は楽しく、給料も良かったので、夢中でのめり込んでいく。その分、家庭への力の入れ方は減速する。夫は多分、そんな私の素質を見抜いていたのに違いない。

だから、「仕事はするな！」だった。

怒鳴られた理由《わけ》

「これ、一冊下さい」

生まれて初めて就職情報雑誌「とらば〜ゆ」を駅の売店で買い求めた。渋谷の田園都市線のホームの売店の前に立っていたら、

「買ってみよう」

その気になって手に取ったのだった。

家に持ち帰り、ページをパラパラとめくると、中ほどの左側のページの隅の広告に目が留まった。小さな四角な線に囲まれた地味な広告だった。それは伊藤忠系の人材派遣会社の広告だった。

仕事先の会社名は「ＡＴ&Ｔ　Ｊｅｎｓ」と書いてある。聞いたこともない会社名だった。でも、後から調べると「ＡＴ&Ｔ（American Telephone & Telegram company）」は何と、当時、グループで四十万人弱の従業員数を抱える世界最大のアメリカの通信会社

で、募集している会社は日本との合弁会社と分かった。

昭和六十三年（一九八八年）では派遣の営業職は認められていなかったからか、市場調査のような名目での募集で、年齢の条件は三十七歳以下。私は既に四十五歳、まあ、無理だと思ったが今後の練習と思い、テストを受けてみた。

派遣会社でのテストは三問、
①五分間で自分のことを英語で話せ
②計算問題
③小論文
だった。英語は若い時から会話教室に通い、将来のためと考え、英検二級を取得していた。

その会社の社員数は約二百名、上層部の人間は全てアメリカ人で、社長は相撲取り体型の「チャーリー」。

朝、出社して社長に会う。

「ハーイ、チャーリー」

「ハーイ、ヒナコ」

のやりとり。

社員が社長をファーストネームの「チャーリー」と呼ぶ、日本の会社ではあり得ないフレキシブルで自由度の高さ。そのせいか、キャリアもなく、四十五歳の私が合格してしまった！

初出社の日、合格して集められたのは私を除いて若い女性ばかり十八人、勿論、私が最年長だった。第二営業部に配属され、研修が始まってみたら、実際の仕事の内容は海外通信の営業で、ＦＡＸ通信を安価な「ＡＴ＆Ｔ　Ｊｅｎｓ」回線を使用して下さい、というものだった。当時、大企業は海外に対し毎月何百万のＦＡＸ通信があったから、年間を通してかなりの通信料の削減になったのだ。営業先の提案相手は大抵、中間管理職で四十歳〜五十歳くらい。私は年齢を買われてか、大企業担当になった。

渋る夫に
「外資系だから、五時三十分の就業時間は厳守されるわよ」

と言って納得してもらった。でも、それは大ウソ、得意先の接待はあるし、毎日、深夜まで働いた。

仕事は面白く、熱中しながら真面目に働いていたら、半年で先頭を切って社員に登用さ

れ、さらに、

「この年で、営業に行って、肩書が何もなかったら信用してもらえない」

と文句を言ったら、「主任」にしてくれていた。


社員になると周りの態度も変わってきていた。直属の上司の部長は仕事経験のない私の教育に熱心。

ある日、私をデスクの前に立たせ、突然、

「勤怠が重要なんだ」と言う。

「キンタイ？　何ですかそれ？」と私。

「勤怠も知らないのか、お前は」とあきれ顔。

仕事についての言葉だとは思ったが、とぼけて
「それって鯛かなんか、魚の一種ですか？」と言ったら
「バカモ～ン！」

百人近く働く部屋中に聞こえる大声で怒鳴られた。

辞書には「勤怠」とは「仕事に励むことと怠けること」とあった。

これが第一回目。

そのうち、課長代理にもなり、若者三人が参加してグループになった。優秀な若者はどんどん営業成績を上げていった。

私の得意とするところは、大企業の情報通信部や総務部の偉い人のアポイント取りのみ。その頃、通信での女性の営業は物珍しかったらしく、アポイント獲得の率は非常に高かった。通信の営業にも拘わらず、システムは分からないし提案書も正しく作れない。それを全て若者が引き受けてくれていた。

そんな時、パワハラ傾向の上司に、少し、からかいたく、懲らしめの意味合いもあって実行したのがこれ。

上司の部長のデスクの前に行き、

「お話があります。実は今月末で退職したいのですが」と告げる。

部長は黙っている。数秒経ち

「何でだ？」と聞いてきた。

「色々考えることがあって」と答える私。

恐い顔をして私を睨んだまま。一分ほど経っても言葉を発しない部長。これは少し、マズイな、と思い始め

「部長。今日が何日か知ってますか？」

答えない部長。

「部長。今日は四月一日ですよ」

「それがどうした？」と少々、ドスの効いた声。

「エイプリル・フールですよ、エイプリル・フール」と私。少し、間があって

「バカモ～ン！」

大きな部屋の隅まで響き渡る大声で怒鳴った。

「ああ、良かった。そうかそうか、早く辞めろと言われなくて」と私。

頭から湯気が立ち上りそうな勢いだ。

私は次のカミナリが落ちる前に、部長のデスクの前から足早に退散し、自分のデスクに座り、その日は目を合わせないようにしていた。

これが二回目。

三回目は課長になって、本当に仕事の失敗。得意先が使用しているシステムを間違えて提案した時だった。

システムが違えば提案内容も大幅に違ってくる。得意先には迷惑は掛けなかったが、一つ間違えば大変だった。提案書に目を通していた部長は

「システムが違うだろ。バカモ〜ン！」

これが三回目。

つまり、勤め始めから退職して渡米するまでの六年間に都合、三回怒鳴られたことになる。

中でもエイプリル・フールの「怒鳴られ」はドキドキもの。リスクはかなりあったが、無理強いの多い部長のパワハラへの抵抗の一つだった。

「分かった。では、辞表を出しなさい」

と言われる覚悟はあっての行動。結果、思うところがあったのか、パワハラが減少し、結構な効果が感じられた。

実は、内心、「やった〜！」。とても快かった。

夫の反対もあったが、仕事仲間を得られ、同級生やママ友以外の世界が広がったのは私にとって予想以上の喜びだった。

また、仕事をしていて思ったことは、「怒られるうちが花！」かもしれないと思えたことだ。

胸がちょっと痛い

夫が突然、走っている足を止めた。

「胸がちょっと痛い」

怪訝そうに胸を押さえている。世田谷通りの裏道でのマラソンの途中だった。すぐに治ったようだったが、「走るのをやめる」と言い、歩き始めた。

あまりにも運動不足な夫。車の運転が大好きで、歩いてすぐの場所でも車で行く。体重も初めて会った時より、二十キログラム近く増えていたと思う。

タバコは一日、優に二箱は吸い、食べるものは揚げ物や甘いものが好き。おまけに不規則な生活だ。

妻として夫の健康管理は重要。

先ず、運動不足解消のため近所のテニスクラブに一緒に入会し、テニスを始めた。テニス靴を買い、白いウェアも揃えた。ラケットの振り方から教わり、やっとコートに出た。

私は若い時から運動好きなので、テニスはとても楽しかった。でも、夫はと見ると、テニス日和の晴天下でプレイをしていても少しも楽しそうではない。「はーい、打つわよ～」と声を掛けても、返事は「うん」だけ。顔つきは仕方なくやっている感じだ。

麻雀をやっている時と大違い！

夫の麻雀は好戦的な打ち方で、勝つと大きく、その代わり負けも大きい。以前より仕事量を減らした夫は、玄関脇の四畳半に麻雀台を設置し、週末には私の次兄の三太や義兄、仕事仲間、知人を集め、楽しそうに卓を囲んでいた。壁には成績表を貼り出してもいた。麻雀に対しては熱く、ルールのことで対戦相手と真剣に揉めるほど。

ただ、麻雀は頭脳の運動、身体は動かさない。なんとか身体の運動を、と思い、テニスは無理だと分かったので、プレイをしなくて良いマラソンに変更。

でも、始めて数日で胸の痛さは起こってしまったのだ。ついに「運動は不向きなんだな」と私は諦めの心境に到達。最後の手段で、「歩きのみ」の散歩に変更。胸の痛みについてはそれほど心配することではない、と思い込んでいた。

二日後には海苔巻きといなりの「助六弁当」を買って、近所の「馬事公苑」に散歩。芝生に寝転んで、日向ぼっこをしていた。運動には余りならないが散歩は身体に良さそうだし、夫も満足そう。

今後はこれで行こう、と決めた。お弁当を食べる。お日さまポカポカ、とても気持ちが良い。

と、突然、夫が

「胸が苦しい！」

真っ青な顔で胸を押さえている。すぐに異常事態だと察した。

徒歩五分の家に急いで戻り、バスタオルを冷たい水で絞り、夫の胸に当て、車で近くの総合病院に連れていった。

午後三時は過ぎていた。病院ではまず、心臓を疑って心臓の先生を呼んだ。幸運にも帰りかけていた先生が捉《つか》まった。先生は

「足の裏にはチアノーゼが出ています。心筋梗塞の疑いがあります。検査のため服を切りますよ！　良いですね？」

と言うと、側の看護婦さんが大きなハサミで夫のポロシャツをジャキジャキ、下から上へと切っていった。

夫も青い顔でベッドに横たわっている。私は医者の肩越しに緊張の面持ちで走り回る看護婦さんを唖然として眺めていた。そして、夫は胸に沢山の管を付け、すぐに検査。

結果、二本の冠動脈が詰まっていることが分かった。一本は九十五％、もう一本は六十五％。

「最後の三本目の細い血管が通常より太くなっていて、それに血液が逆流して細々ですが、詰まらなかったのです。とても幸運でした」

と先生。また、

「七十二時間が勝負です。もし、その間に、再度、発作を起こしたら命の危険があります。手も足も絶対、動かさないでください。動かすと心臓に負担が掛かりますからね」

と私達に伝える。

その場ですぐに入院。母に家に来てもらい子供を託し、私は泊まり込んだ。夫はベッドに寝て、私はベッドの下から引き出した薄い畳敷きの一畳の板の上に寝て、ひたすら発作が起きないことを祈っていた。ふくらみのない板敷では身体は痛くなり、夜になるとゴキブリが病室を這い回る。でも、その時、そんなことは些細なことだった。

夫も身体は動かせないし、再発作の恐怖でまんじりともできなかったと思う。そして、私の方はウトウトして、ハッと目が覚める。夫の様子を窺い、大丈夫と分かるとまた、ウトウトする。寝たまま手も足も動かせない夫、食べなければ、と思っても食欲は湧かないし、食べられない。

悪夢のような三日間が過ぎ去った！

無事に七十二時間が過ぎ、命拾いをしたのだった。その後、二十一日間入院し、無事退院。先生からは

「心臓に爆弾を抱えているような状態ですから、くれぐれも無理はせず、タバコもやめて油物は食べず、規則正しく生活し、散歩は続けて下さい」と指導があった。

爆弾を抱え、ビクビクしながら穏やかに生活するのは難しい。

その時、仕事関係から心臓のバイパス手術の名医を紹介された。

夫は逡巡したと思う。

最後には手術を決心したのだった。

夫が逝ってしまった

夫が亡くなった時、私は仕事で香港にいた。

香港に到着したその夜、夫の病状が急変、突如、逝ってしまった。


次の日の朝、私は香港から急いで戻ってきたのだが……

ただ、どうやって戻ってきたか、飛行機は？　成田からは？　誰が迎えに来たか？

記憶が封印され、その時から半年間、どうしても思い出すことができなかった。

一時的な記憶喪失だ。よくドラマなどで記憶喪失の場面を見ていて、嘘っぽい、とずっと思っていたが、あれは本当だったのだ。


家に戻った時、夫は既にお棺に入っていて、胸の上に手を合わせ白い花に囲まれて横たわっていた。顔は青白く、鼻梁がより高くなっていた。大勢の人が泣いていた。

私は夫に近寄り顔を見つめ、唇にそっとキスをした。

ドライアイスで冷やされた夫の唇は異常な冷たさだった。

あの感触は今もって忘れられないでいる。それから、その場にいた方に順番に挨拶をして回ったと思うが記憶は曖昧だ。


前の晩から次男の達也が親戚や関係者など、方々に連絡を入れ、我が家は人で一杯になっていた。親戚、友人、フジテレビの人、番組制作スタッフ、レコード&プロダクション関係の人が来てくれていた。長男は急いで、ロサンジェルスからこちらに向かっていた。ボーっとして何もできない私に代わって、次男の達也が喪主代わりとして、フジテレビの人と打ち合わせをし、葬儀の式次第を決めていた。フジテレビを退社してフリーになり十七年経っていたが、フジテレビの社員の方や主だった仕事関係の方々が、まるでフジテレビの社葬のように取り仕切ってくれていた。


「俺は肝臓がんで死ぬ」

常日頃からそう言っていた夫が本当に肝臓がんで逝ってしまった。

三十年間連れ添った後だったが、五十七歳の若さだった。

昭和五十六年、夫が四十四歳の時、心筋梗塞をおこし、日本で五指に入ると言われていた名医に心臓バイパス手術をしてもらい一命をとりとめた。

その時、幸運と不運の両方が対《つい》でやってきた。

幸運は名医に巡り合えたこと、不運は輸血で慢性肝炎を患ってしまったことだった。

二十一年前には判別不能だった非A型、非B型で、恐ろしいC型肝炎のウィルスがある血液を輸血されたのだ。手術後、心臓は手術のお陰で正常に働いていたが、十三年間も慢性肝炎に苦しむことになってしまった。慢性肝炎から肝臓がんに移行する確率は高い。

オカルト的なところのある夫は
「肝臓がんで死ぬ」と予言していたが、その通りになってしまった。

「そんなことを言ったら本当になるからやめて！」

と言ってもやめなかった夫。そう言っていたので肝臓がんになったのか？　要因があったからなのか？　事実は分からない。でも、私は言っていたからなってしまったと今でも思っている。

夫の肝臓がんは亡くなる前年の十月に発見され、放射線治療に加えて色々な新しい方法も試していたが、その甲斐もなく日に日に悪化していった。進行が異常に早く、がんは夫の身体をどんどんと浸食していった。

そんな状態の年明けの二月、アメリカ系の通信会社で営業として働いていた私に一週間の香港への出張が上司から言い渡された。その時、初めて夫の状況を上司に話し、出張を他の人に代えてもらうように頭を下げ頼んだが、聞き入れられず困惑。

夫に相談すると、仕事に対し非常に厳しかった夫は

「仕事なのだから、行け！」と言って譲らなかった。

発熱し、具合が悪そうだった夫に私は

「では、入院してくれたら行きます。アメリカから学校が丁度休みの達也に一時帰国してもらい、付いていてもらいます」

妥協案だった。

次男の達也がアメリカワシントン州の留学先からすっ飛んで戻ってきてくれた。

「俺が見てるから、行ってきな」と大人っぽい言葉。

任せて、私は成田から香港に飛び立った。

数時間後、香港に着いてすぐ夫に電話。
「やはり、帰ろうか？」と心配する私に
「俺は大丈夫だ。帰ってくるな！」
夫と交わした最後の言葉だった。

出棺の時が来た。

寸前まで小雨が降っていた空が突然、サッと晴れ上がり、真っ青な空の下、霊柩車のクラクションがパーッと長く鳴らされた。あれは色々な説はあるが、昔の寺の梵鐘《ぼんしょう》の代わりだそうだ。

あの音は辛い！

「この家にはもう、戻らない。さようなら」

に聞こえる。この世との決別の意味合いがあるのかもしれないが、あの嫌な音は消え去ることもなく、未だに私の耳の奥に存在する。


夫はガンに罹ってはいたが、医者の話では後一年～一年半は大丈夫とのことだったので、近いうちに私は仕事を辞めて家にいようと決心した矢先の死だった。
その頃、風邪、というより悪性のインフルエンザが流行っていて、私は主人の突然の死はそれが原因だと思っている。ただ、当時は今ほど悪性のインフルエンザの恐ろしさについては語られていなかった。周囲では病院の治療ミスなので告訴したらどうか?との話もあったが、告訴したからって主人が帰ってくるものでもない。病院は手を尽くしてくれたと信じているが、ただ、思っていた以上の早い死別に驚き、ショックを受けていたのは事実だった。

五日後の葬儀には、フジテレビの社長も弔問に来て頂き、友人、知人、仕事関係など予想もしなかった千人近い弔問客があった。葬儀の前後には沢山の方が私の前に来て
「ご主人には大変お世話になりました」
と感謝の言葉を発してくれていた。改めて夫が多くの人から尊敬されていたのを知ったのだった。
一人、祭壇の前で泣き崩れ、歩けなくなり、周りの人に抱えられて帰っていった男の人が印象的だった。後から聞くと、それは無名時代から番組に起用し、その後、有名になっ

ていった石田純一さん。夫とは楽しい麻雀仲間だったらしい。
葬儀が終わり、長男と次男で相談しながら、手続きなどを進めてくれていたが、それが一段落すると二人の息子は私の今後のことを心配しながらも、留学先のロサンジェルスとシアトルに戻っていった。

生まれて初めての一人住まいが始まった！

異なる方向への旅立ち

「カタッ」の音に飛び上がる私。

一人で住んだ経験のない私は一軒家の何でもない小さな音にも、怖くて震えあがってい
た。

夜中に目を覚ますと眠れなくなる。安心を求めて、家中、どこを見回しても夫はいない。

二人の息子もアメリカに戻ってしまっている。この不安感と喪失感は私にとって自分でも
意外で、受け入れ難いものだった。

二十二歳で自分の家から結婚して出ているので、独り住まいの経験はゼロ！

飲んだカップをテーブルの上に置いておけば、それはずっと置きっ放しになる。居間の
電気を消し忘れると、私が帰るまで付けっ放しになる。

協力者はいない。

面白いことがあっても、美味しいものを食べても、家には告げる相手がいない。

そんなこと、知らなかった！

考えたこともなかった！

女性の一人暮らしはまだまだ多くはなく、情報量も少ないし、メールもLINEもなかった。

夫の葬式では沢山の方にお世話になったが、若い時、コマーシャル音楽の名ディレクターだった次姉の由美は、葬式の時に配るためのＣＤを制作してくれていた。夫の主なヒット曲の五曲だ。

①サザエさん　②京都の恋　③雨の御堂筋　④白いギター　⑤海のトリトン

新しく短調に編曲し、スタジオを借りてＣＤに作ってくれたのだ。

多くの方が喜んで受け取ってくれた。

姉に感謝して、聴きたい気持ちはあっても、辛くて聴く気になれず、ずっと棚の上に飾ってあった。

長男が休暇で日本に戻って来ていたある夜、そのＣＤを聴いた。

駄目だった！

それぞれの詞を書いていた時のことが頭をグルグルと廻り、突然、パニック状態になり、

「ギャーッ」と叫んでしまった。

その様子を見た長男は驚き、心配し、

「アメリカに住みに来い」

と言い出した。

アメリカは二人の息子が住む国。二人の息子を留学させ、一生懸命、送金していた夫。

夫がとても好きだった国だし、私も働いている会社はアメリカ系の通信会社。アメリカには親しみがあり、とても近い存在だ。徐々に渡米の決心が固まっていった。


友達に話してみると、猛攻撃。

「なんて馬鹿げたことを言い出すの！　自分がいくつだと思ってるの？」

「五十二歳」と小さな声で答える。

「日本で静かにしていなさい。一緒にゴルフをしたり、世界旅行をしたりすればいいじゃない。美味しいランチもしようよ～」

魅力的な提案が次々と出てくる。

友達に大反対され、決心は鈍る。でも、頭の中で自分がゴルフをしている、世界旅行ツアーをしている、高いランチを食べているなどの色々な姿を想像してみる。しかし、「これはないな」と思ってしまう。どうしてもピン！とこないし、私には似合わない。

熟考の末、アメリカにテスト旅行をしてみた。

八月のお盆の時、息子の住むパサデナ市に行った。

パサデナ市はロサンジェルスのダウンタウンから車で東に十五分ほど走ったヨーロッパ調の静かで趣のある街だ。ローズボウルとローズパレードの開催地として世界的に有名な場所。温暖な気候で緑豊かなこの地には、昔はニューヨークのリッチな住民が冬の間、避寒に来ていたそうだ。

着いた翌日、パサデナから三十分ほどのサンタモニカの近くまでドライブ。すると、長男が「ポンッ」とガタが来ているポンコツのデカいアメリカ車のカギを私にくれ、「俺は用事があるから、四時間くらい後にここに戻ってきて」と平気で言う。「エ〜、右側通行だよね」と私。息子は「大丈夫、大丈夫。じゃ〜、後でね」と建物の中に消えていってしまった。

「さて、どうしよう?」と迷う。

「そうだ、サンタモニカの海を見に行こう!」と思い付く。

カーナビなどない。でも、以前、夫と息子を訪問しているので、なんとなく道は分かる。

空は真っ青、空気は澄んでいて乾いている。細いヤシの木が風に揺れて面白い。見当を付けて西向きに走っていたら、目の前に青い海が見えてきた。サンタモニカの海だ。

車を海辺のホテルの駐車場に停め、桟橋を海に向かって歩き出す。

桟橋の途中にカフェがあり、海に向かって横に長いスタンドバーがあった。

ビールを注文し、背の高いスツールに座り、長い時間、青く広がる海を眺めていた。

海は人間の心に作用する力があるのかもしれない。海を眺めていたら、突然、迷っていた心に固まりができてきた。

「この国に住もう!」

五十二歳、構わない。英語は下手だけど、少しは話せる。身体は健康、息子達もいる。

これはもしかしたら、夫がくれた「自由」かもしれないとも思った。

決心した旨を息子に告げると

「いつでも良いよ。楽しいと思うよ。待ってるからね」と心強い。

平成七年（一九九五年）のクリスマスの前日、ロサンジェルスの空港に降り立った。キラキラキラキラ、空港も街もクリスマスのイルミネーションが輝き、とても美しかった！外国人にも「Welcome U.S.A!」と言っているようだった。

決心してからは会社に辞表を出し、アメリカの大使館に足を運び、ビザの取得に走り回っていた。

夫が亡くなってから、八ヶ月の月日が経っていた。

残してくれた世田谷区の小さな一軒家を売り、そのお金を持って新しい世界へ旅立った。

夫はあの世に旅立ち、私は新世界へと旅立った。

あとがき

年齢を重ねると何か抗《あらが》えない人生の「流れ」を強く感じる時が訪れる。今まで懸命に抗ってきても、結局、「流れ」に身を任せていた気もする。

この世の中に「生」を受けたものは誰でもだが、私の場合は特に「流れ」の出発点は母の胎内から始まっている。母の胎内で五ヶ月近く過ごし、そろそろ動き出す頃になった時期に、私の運命は決まったのだ。

昭和十七年の戦時下に、母の「堕ろして下さい」の依頼に医者が「No!」と断ったからだ。「Yes」と言っていたらすぐに廃棄処分にされていた。その時の医者のお陰で七十歳を超えた今も「生」を充分に享受している。

さらに、ここまで何回もこの世から消え去りそうな場面もあった。が、結果、助かっているし、自死も考えた時も二回あった。でも、「生」への執着で最終的に思いとどまっている。

昭和の三十年代では、女性で珍しかった十八歳の若さで運転を開始し、タクシーと交差点で出足の競争をし、その後、並走する車を何台追い抜いたかを数えたり、常磐道を夜中に百六十キロですっ飛ばしもした。また、数えきれないほど飛行機にも乗ったが、毎回、無事に目的地に着いている。

二十歳の誕生日に婚約式をし、二十二歳で結婚。息子二人を授かり、二十三年間専業主婦を満喫し、遅まきに四十五歳で外資の通信系の日本との合弁会社で営業として働き始めた。

仕事は刺激的で面白かった。

主婦との両立でこのまま進むと思っていたのに、想定外に五十二歳で夫に先立たれてしまった。

自宅を売り払って二人の息子がいるアメリカに渡った。

アメリカンドリームを目指して小さく起業したが見事に破産。ビザも切れそうになって、横道方法だが何とかしてアメリカ人と結婚し、永住権を確保しようと思い立った。

心配した友人がセットアップしてくれ、アメリカでは年齢に関係なく当たり前になっていたインターネットお見合いを勢い込んで試してみた。

「売り」として

「日本人で料理が得意」と書いたらすぐに数人が申し込んできた。早速デート。

上手く行くかな?との願いもむなしく、結局、失敗。最後の手段と思い、ワインスペシャリストの青い眼のアメリカ人の友人にも結婚をお願いしたが……

「I am not ready to marry」(「結婚する用意がない・つもりがない」)

あっさり断られてしまった。

そのため、十年間住んだロサンジェルスの郊外の美しい街、パサデナに別れを告げ、日本に戻ることになった。四年後、悠々としていて緑が豊かなマレーシアにも四年間住んでみたが、日本が恋しくなってしまった。

年齢とともに日本に根を下ろしたい気分が高くなり、帰国した。もう、今後は海外に住むことはないと思っている。

振り返れば、いつも、何でもやってやれ!の精神の後押しで凸凹人生を通り過ぎてきた。

そして、一年前に好きな仕事を突然、辞めることになり、フランスにいる画家のソウルメイトの勧めもあって、以前から書きたいと思っていたユニークな「椙山家」と結婚後の

「林家」の話を「昭和の風景」をからめて書き始めてみた。

書いてみると、改めて「昭和の時代」は面白かったと思う。

私にとってこの一年はゆるゆるとした通常の「流れ」から、激しい「急流」に変化した年になった！

今回、この本を出版するにあたって、本当に多くの方々に助けて頂いた。今、この幸運を噛みしめている。

心より感謝！

二〇一九年三月　林　日南子

林良三の墓

♪♪♪

「みんなが笑ってる　お日さまも笑ってる　今日もいい天気
林　春生」と彫ってある。

♪♪♪

著者プロフィール
林 日南子（はやし　ひなこ）
1943年３月生まれ
立教大学文学部心理学科卒
専業主婦を経て、45歳よりアメリカ系通信会社AT ＆ T Jens 勤務。退職後、10年間、アメリカカリフォルニア州パサデナ市にて音楽CD カフェを経営。帰国後、2008年マレーシア退職者ビザ MM2H を取得。4年間、クアラルンプール郊外ペタリンジャヤ市に住む。2011年単行本『マレーシアってどんな国？』を自費出版。ロングステイアドバイザー＆講師。2014年よりハローワークの紹介で目黒区のアートギャラリーでディレクターとして2年間勤務。
1995年に他界した夫は、TV ディレクター兼作詞家。代表作に TV アニメの主題歌「サザエさん」「サザエさん一家」「海のトリトン」、その他、「雨の御堂筋」「京都の恋」などがある。長兄はドラゴンクエストなどの作曲家のすぎやまこういち。

イラスト：田川 博規

お日さまも笑ってる　今日もいい天気
ドラ猫女房が語る昭和家族の物語

2019年４月15日　初版第１刷発行

著　者　林 日南子
発行者　瓜谷 綱延
発行所　株式会社文芸社
〒160-0022　東京都新宿区新宿1－10－1
電話　03-5369-3060（代表）
03-5369-2299（販売）

印刷所　図書印刷株式会社

ISBN978-4-286-20417-8　JASRAC 出 1903065-901